나는
쉬어 빠진
콩나물국 속의
콩나물

나는 쉬어 빠진 콩나물국 속의 콩나물

초판 1쇄 인쇄   2009년 07월 10일
초판 1쇄 발행   2009년 07월 17일

지은이 | 김인애
펴낸이 | 손형국
펴낸곳 | (주)에세이퍼블리싱
출판등록 | 2004. 12. 1(제315-2008-022호)
주소 | 157-857 서울특별시 강서구 방화3동 822-1 화이트하우스 2층
홈페이지 | www.essay.co.kr
전화번호 | (02)3159-9638~40
팩스 | (02)3159-9637

ISBN 978-89-6023-248-8 03810

김인애 신앙에세이

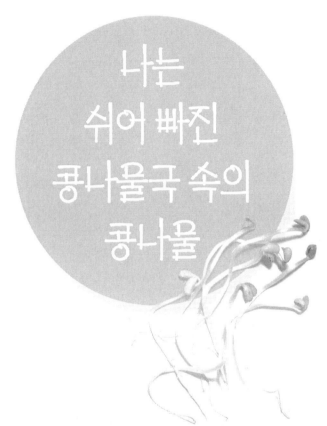

나는
쉬어 빠진
콩나물국 속의
콩나물

단조로운 삶 속에서 당신은 주 하나님의 음성을 듣고 싶지 않습니까?

주 하나님의 음성을 듣고 싶다고 느끼신다면 꼭 이 책을

읽어보십시오. 순간의 작은 선택으로 충만한 은혜를 누리실 것입니다!

ESSAY

글머리에

어느 일요일 예배 시간에 던(Don) 형제가 성경 속에 나오는 룻의 시어머니 나오미에 대해 얘기를 나누었습니다.

"남편도 죽고 아들들도 다 죽고 이제 나는 죽은 자나 마찬가지다. 나를 '마라' 라 부르라" 했던 나오미, 그런 나오미가 룻에게 보아스를 알리는 지혜가 있었다고. 그 이야기를 들으면서 제가 15년간 모은 이 메모들이 주님 쪽을 가리키는 역할을 할 수만 있다면 좋겠다고 생각했습니다.

룻기에 나오는 나오미처럼, 이 책의 제목처럼 나는 육신적으로는 내세울 게 아무 것도 없는 흠투성이지만 이 책으로 인해 단 한 생명이라도 주님을 바라볼 수 있기를 갈망하는 마음에서 이 글을 씁니다(주님 쪽을 가리키는 포인트로서).

차 례

주님을
만나기까지

주님을 만나기까지

나는 십남매의 일곱째로 태어났다. 그러나 위의 세 오빠들이 어린 나이에 죽은 관계로 나는 넷째가 되었다. 위로부터도 세 번째 밑으로 부터도 세 번째. 어리면 어린 대로 크면 큰 대로 부모의 시선을 받지만 나는 집안의 정 가운데로 어느 쪽으로도 가입되지 못하고 자랐다. 특히 바로 아래 동생들이 쌍둥이여서 나는 시골 외가로 보내졌다. 아이들 셋을 키울 수가 없었다는 엄마의 말이 지금이야 이해가 가지만, 어린 나는 정말로 알 수가 없었다. 그 많던 가족들 속에서 살고 있다가 어느 날 갑자기 나 혼자 시골로 보내진 것이.

내 인생에서 너무나 크게 자리 잡아 버린 충청도 시골에서의 3년 반.

이렇게 해서 3살 반부터 초등학교에 들어갈 때까지 나는 외갓집에서 자랐다. 서울에 가족들과 집이 있다지만 나는 외롭고 슬펐다. 어린 애가 무슨, 설마 라고 말 할지 모르지만 아직도 생생하게 그 찢어질 것 같은 심정이 느껴진다.

외갓집에서는 외할머니, 술버릇이 나쁜 외삼촌과 함께 살았다. 방학이면 외사촌 오빠들과 언니들이 다니러 왔다. 오빠들은 내게 "너는 사실은 주워온 아이였어. 그래서 네가 여기 있는 거야"라며 놀렸다. 시골 아이들도 "서울뜨기"라며 내 말투를 흉내 내며 놀렸다. 외할머니집 앞마당에는 방앗간이 있었는데 그 방앗간 안에서 싸우다가 생긴 손톱자국이 지금도 얼굴에 남아있다. 얼굴도 새까매지고 말투도 시골 말투가 되고 무리 없이 나는 점점 충청도 아이가 되어갔다. 훗날 서울에 돌아와서 엄청난 대가를 치르면서 다시 서울말을 배워야 했지만. 서울에 돌아왔을 때 하물며 집의 언니들까지도 나의 촌스러운 충청도 말투를 흉내 내며 웃었었다.

가끔 한두 달에 한번 엄마가 다녀가실 때가 제일 괴로웠다. 어렸지만 차라리 엄마가 오시지 않는 게 좋겠다고 까지 생각했다. 한 시간 거리에 사시는 이모가 자주 오시는 것도 괴로웠다. 왜냐하면 이모를 보면 엄마 생각이 너무 났기 때문이다. 엄마나 이모가 오셨다가 돌아가실 때면 나는 동네 뒷산(산마루)으로 뛰어 올라갔다. 산마루(뒷산)에 올라가 오랫동안 서서 점점 멀어져 가는 엄마를 아주 작아서 보이지 않을 때까지 바라보았다. 엄마가 원망스러웠다. 너무나도 따라가고 싶었고 울면서 매달리고 싶었다. 그런데 왜 그랬는지 모르지만 나는 그저 잠잠히 있었다. 오히려 마지막 날 엄마가 "자, 이제 집에 가는 거야."라고 말하며 날 데려가려 하셨을 때 나는 죽어도 안 간다고 소리치며 온 동네가 떠나가게 울어버렸다.

어쩌다가 외삼촌이 술을 드시고 들어오는 날은 집안이 난리가 난다. 돈을 달라며 할머니를 밀고 때리고 나중에는 칼까지 들이댄다. 옆에서 우는 나를 시끄럽다며 떠다민다. 어떤 때는 뺨까지 맞고 너무나 무서워서 방구석에 쪼그리고 앉아 울기만 했다. 삼촌이 어떻게 해도 끝까지 돈을 주시지 않던 할머니도 돌아가셨고 망나니 같던 삼촌도 지금은 돌아가셨다.

초등학교 들어갈 나이가 되어 엄마가 서울로 돌아가자며 데리러 오셨다. 그날은 마침 동네 친척 언니의 혼수 이불 꿰매는 날이었다. 동네 아주머니들이 모여서 혼수 이불 꿰매는데 나는 울며불며 도망 다녔다.

"날 데려다가 이번에는 어디다 맡기려고 데려 가는 거야. 이대로 여기서 살게 나 좀 내버려두라고."

그 충청도 시골 마을에서 처음으로 교회당에 가보았다. 두꺼운 백과사전 같은 책을 마을의 언니가 가지고 있었다.

"이 책에 세상의 모든 것을 만드시고 다 아시는 분의 이야기가 있어. 그분을 알면 마음이 무척 평안해진단다."

그 언니가 말했을 때 어린 나는 막연하게 생각했다.

"어린 내가 어떻게 하면 '그분'을 알 수 있을까?"

너무나 어려워만 보였다. 나중에 내가 주님을 영접했을 때 주님은 6살 때의 나를 기억나게 하시면서 네가 어떻게 하면 알 수 있을까? 라고 했을 때 그 때도 네 옆에 있었고 계속 너를 기다렸다고 하셨다.

나의 서울 생활도 시골 생활보다 쉽지 않았다. 가족이라 하면서도 계속 가슴속에 있는 서먹함을 어찌할 길이 없었다. 나는 계속 겉돌았다. 부모님은 일곱 아이들을 키우시느라 나 하나를 각별히 돌볼 겨를이 없으셨다. 두 살 밑의 쌍둥이 동생들이 절대로 언니라고 부르지를 않았다. 다른 집들을 보면 다들 언니라고 부르는데 또 내 위의 언니들에게는 언니라고 하면서 나에게는 꼭 내 이름을 불렀다. 왜 엄마 아빠는 동생들을 내버려두는 걸까 속으로 생각하면서도 말을 하지 못했다. 동생들에게 강요해도 들은 척도 안 했다. 둘과 한꺼번에 싸워야 하니 늘 참고 있어야 했다. 동생들이 "인애야, 인애야." 이름을 불러도 무감각해지려고 노력했다.

첫 자살 미수는 초등학교 3학년 때였다. 너무나 외롭고 쓸쓸해서(가족들 속에 있으면서도 나는 언제나 혼자였다. 쌍둥이 동생들이 너무나도 부러웠다. 둘이라는 게. 나는 언제나 혼자인데 쟤네들은 언제나 둘이었다.) 동네 돌산에 올라갔다.

돌을 깎아내리는 산이라 어느 부분은 몹시 위험했다. 처음에는 뛰어내리려고 올라갔는데 너무나 무서워서 계속 울기만 했다. 날이 어두워지자 더 무서워져서 결국에는 집으로 돌아왔다. 더 슬픈 것은 아무도 내가 없어졌던 것을 몰랐다는 사실이다.

9살짜리가 혼자서 생각했다. '정말 이 세상 어딘가에 이 마음을 채울 그 어떤 것이 있는 걸까?' 아빠 엄마와 언니들과 오빠, 쌍둥이 여동생 그리고 남동생 이렇게 많은 가족이 같이 사는 속에서도 나는 늘 외로웠다. 부모의 모든 시선을 단 한 번이라도 '나'에게 집중시켜 보고 싶었다.

나이를 먹으면서 그 빈 마음(부모의 사랑을 온통 받아보고 싶었던)을 남자로 채워보려 했고 그 여파로 첫 결혼을 실패하게 되었다. 남자가 자기 목숨보다 나를 더 사랑한다 하니 그것이 전부인 줄 알았다. 그 어떤 것보다도 사랑 하나면 다 되는 줄 알았다. 내가 없으면 죽는다는 말이 진심이라 믿었기에, 그리고 그 사랑이 내 빈 마음을 채워줄 수 있으리라 생각했기에 따지지 않고 조건 없이 결혼했던 것인데. 그 사람과의 5년간을 생각하면 지금도 가슴이 아프다. 그러나 그 시간들이 있었기에 나는 주님을 온전히(?) 알게 되었다. 내 과거를 감사할 수 있는 시간이 오리라고는 꿈에도 생각 못했는데.

주님,
저를 이렇게 만들어 주셔서 감사합니다. 저의 지난날 하나하나 모든 것에 감사합니다.
돌아보면 지금도 아프지만 주님, 당신을 알게 되었다는 이 사실 하나로도 감사합니다.

그 때 나는 시부모님과 시누이 넷과 함께 살고 있었다. 시부모님은 언제나 외동아들을 감쌌다. 부모만을 의지하려드는 전 남편이 독립하면 바뀔 줄 알았다. 시댁의 모든 영향력으로부터 벗어나 단 둘이만 살면서 새롭게, 이 결혼이 깨어지지 않게 다시 노력해 보라는 선배 언니의 조언을 받아들였다.

둘이서 일본 유학을 가기로 결심했다. 아무에게도 말하지 않았지만 일본으로 가는 것이 나의 마지막으로 같이 살아보려는 노력이었다. 그러나 결단코 사람은 바뀌지 않는다는 것을 뼈저리게 느꼈다. 딸 넷 속의 외아들로 자라 자기 절제가 전혀 되지 않는 상태에서 어른이 되었으니.

일본에서 정말 아찔했던 순간이 두 번 있었다.

첫 번째 순간은 자살을 기도했었던 순간이었다. 물론 미수로 끝났다. 너무나 살고 싶지 않았다. 하루하루 지옥에서 살고 있는 것 같았다.

두 번째는 내가 못 죽으니 상대를 죽이는 수밖에 없다고 생각해서 죽이려고 했을 때였다. 이혼녀라고 불리는 것을 도저히 감당할 수 없었다. 결혼생활이 너무도 괴로웠기에 식칼을 들고 자고 있는 사람의 목을 찌르려는 순간, 어떻게 방 벽에 있는 거울을 보게 되었다. 거울을 보던 그 0.1초가 주님의 자비였다. 식칼을 들고 있던 것은 내가 아니라 악마였다. 소스라치게 놀라며 칼을 놓쳐 버렸고 사람을 죽이겠다는 생각이 사라져 버렸다.

이혼은 절대로 안 된다고 생각했기에 자살 기도와 살인 사이를 왔다 갔다 했던 것이다. 아직도 결혼하지 않은 동생들이 있기에 집안의 망신이 될 수는 없다는 것도 가슴 바닥에 있었다. 죽지도 못하고 죽이지도 못하고….

짐을 싸들고 혼자 몰래 일본에서 한국으로 나왔다. 이제는 모든 내 결혼생활을 가족들에게 이야기할 수밖에 없다고 생각했다. 그 때까지 가족들에게 말을 하지 못하고 있었다. 아들이 하나 있었는데 외아들이 낳은 아들이라 시부모님에게는 금쪽같은 손자였다. 그러나 아이야 어차피 시댁에서 키우고 있었고 어떻게 되겠지 라고 그저 생각할 수밖에 없었다.

가족들이 "이혼" 해야 한다, 왜 진작 말하지 않았냐며 함께 울어주었다. 돈으로라도 이혼 도장 찍게 설득해 보라며 큰 언니가 목돈을 마련해 주었다.

다시 일본에 돌아와 친구 집에 머물면서 도장을 찍어주면 돈을 주겠다고 말했다. 돈이라는 말에(어쩌면 일본 땅이니 이혼해도 의미가 없을 것이라 생각했을지도 모르겠다.) 도장을 찍어주었고, 그 서류를 한국에서 받아 주었다.

아들 문제가 남아있었다. 그러나 그것보다도 우선 일본 땅에서 살아남기 위해서는 내가 좋은 국립대학에 들어가야 한다고 생각했다. 한국 사람도 그렇지만 일본 사람도 학벌을 몹시 중요시한다. 명문대에 다닌다고 하면 입관, 이민취업, 거주학생비자 받는 데서도 대우가 다르다. 아르바이트도 훨씬 수월하게 생기고.

절대로 한국 땅에는 돌아가지 않겠다고 결심했기에 더더욱 일본 땅에서 성공해야 한다고 생각했다. 이혼녀가 되어 어딜 간단 말인가. 정말 태어나서 처음으로 열심히 공부했다.

그럴 즈음에 동생 평애가 주님을 자신의 구세주로 영접하는 일이 일어났다. 엄마도 주님을 영접했다. 언니도 주님을 영접했다. 모두들 한국에 있으니 일본 동경에 있는 나로서는 제대로 알 길이 없었다.

주님을 영접했다는 것이 무엇이 다른지.

온 전심으로 공부를 하고 있던 내게 평애가 편지를 보냈다. 눈물로 얼룩진 두툼한 편지지들, 내 아픔을 위해 또 자신의 아픔을 위해 그래서 이 땅에 구세주가 오셨다는 애절한 편지였다. 아무리 읽어도 마음이 동하지 않았다. 몇 번이나 몇 번이나 편지를 보내오는 평애에게 이렇게 말했다.

"네 편지가 내 중요한 공부를 방해하고 있어. 편지를 멈춘다면 한 가지 약속할게. 내가 원하는 국립대학에 합격하면 너에게 일주일을 줄게. 그 일주일 동안 성경을 가르치던 세미나에 데려가던 네가 원하는 대로 다해. 그러나 일주일 후에 난 다시 일본으로 돌아갈 거야."

그 때부터 동생은 편지를 멈추고 아마 나를 위해서 기도했던 것 같다.

그 당시에 미 해군으로 일본 요꼬스까 기지에 나와 있던 한국 교포 청년 피터(지금 19년 넘게 같이 살고 있는 남편)를 나는 만나고 있었다. 학교 친구의 사촌이었다. 서투른 일본말과 서투른 영어로 우리의 만남은 이어졌다.

공부를 하면서도 물가가 비싼 일본 땅에서 나는 닥치는 대로 아르바이트를 하고 있었다. 식당도 나가고, 청소도 다니고, 한국에서는 '그래도 내가 대한항공 승무원이었는데' 라는 자존심이 있었는데 그것도 다 내려놓고, "이혼녀로 부모님의 짐이 될 수는 없지 않냐" 라고 자신에게 말하면서 남의 집에 청소하러 나가 처음으로 변기를 닦던 날의 기억이 지금도 생생하다.

그렇게 원하던 국립대학에서 합격 통지서가 왔다. 나는 약속대로 짐을 싸서 한국으로 나왔다. 침례교에서 하는 전도 집회가 진주에서 열렸고 나는 엄마와 함께 진주로 갔다.

천주교를 믿고 성당에 5년 다녔건만 나는 예수님을 너무나도 몰랐다. 일요일 고해성사를 하고 나서는 조금 마음이 시원스러워지지만 하루 이틀만 지나면 벌써 마음에 괴로움이 가득해지곤 했다. 내 탓이로소이다 내 탓이로소이다 하면서도 무엇이 내 탓인지도 모르는 채, 눈에 보이는 대로, 마음에 느껴지는 대로 살았다.

예수님이 왜 이 땅에 오셨는지, 왜 십자가에서 돌아가셔야 했는지, 왜 왕으로 안 오시고 가장 연약한 모습으로 오셨는지.

지난날의 나의 퍼즐들이 들어맞기 시작했다. 내 빈 마음, 늘 채울 수 없었던 그 마음을 누가 그렇게 만드셨는지.

아, 주님.

당신은 29년간 나를 그렇게 기다리셨습니다. 이 모든 것 속에서도 당신을 선택하기를 그저 묵묵히 기다리셨습니다. 정작 내가 사랑해야 할 분은 오직 당신임에도 불구하고 다른 사랑의 대상을 찾는 나를, 당신은 그저 잠잠히 기다리고 계셨습니다. 그 빈 마음이 모두 당신 때문이었는데.

내가 바로 '죄인' 이란 사실을 처음으로 알았다. 늘 자신이 선하다고 생각했기에 죄인은 내가 아닌 줄 알았다. '죄인' 하면 감옥에 있는 사람들만 생각났다. 그러나 내가 바로 성경에서 말하는 그 죄인이란 것을 처음으로 느꼈다. 창녀가 바로 나고 살인자가 바로 나였다. 일본에서 전 남편을 죽이려고 식칼을 들고 서 있는 내 모습이 떠올랐다. 주님의 자비가 없었다면 나는 지금 어딘가의 감옥에 있을지도 모른다. 내가 서야 할 그 자리에. 그 자리에 한 점의 흠도 없는 주 예수님이 서 계셨다니. 무엇 때문에.

나를 당신이 사셨으니 이제 나는 온전히 당신의 것으로 살겠습니다. 아니 그렇게 살게 하십시오. 그렇게 서약을 했건만 나는 두 주인(나 자신 그리고 내안에 계신 예수그리스도)을 섬기고 있는 나를 자주 발견하곤 했다.

일본에 돌아와서 소개받은 동경에 있는 같은 침례교 계통의 교회를 정말 열심히 다녔다. 특히 만나고 있던 재미교포 피터가 주님을 알기를 전심으로 기도했다. 그런 나에게 어깨를 두들기며 "양심에 따라 선하게 살면 돼. 너무 교회에 미치지 마." 라고 피터는 말했다.

내가 열심히 나가고 있던 그 일본 동경의 침례교 교회에서 수양회가 있었다. 영어만을 써야 하는 피터를 도와주기 위해 캐나다에 살고 있던 박형제가 일부러 동경까지 와서 도와주었다.

주님의 은혜로 피터가 그 수양회에서 주님을 영접했다. 성경이 그저 선하게 양심대로 바르게 살게 하기 위해 써진 것이 아니라는 것을, 성경에 있는 모든 것이 사실이라는 것을 가슴으로 받아들이며 주 예수님이 2,000년 전에 돌아가신 것이 자신의 죄를 대신해서라고 고백했다.

주님을 영접한 그 다음날 바로 그 수양회장에서 우리는 결혼식을 올렸다. 주님을 영접하면 결혼하자고 계획을 했던 것이 아니었기에 양가에서는 아무도 참석하지 못했고 오직 형제자매들만이 있었다.

전 남편과의 싸움 속에서 늘 나는 나도 모르게 이렇게 생각했었다.

"지나가는 거지와라도 다시 한 번 새 기회가 주어진다면 나는 틀림없이 잘 살 수 있을 텐데. 나는 틀림없이 잘 할 수 있는데. 오로지 이 사람만 아니라면."

정말 사랑하는 지금의 남편과 첫 부부 말다툼이 있었던 날 나는 너무나 서럽고 슬퍼서 화장실에 들어가서 소리 없이 울었다. 그러자 주님이 이렇게 말씀하셨다.

"그 사람이 아니라면 누구와도 잘 살 수 있다더니 그래, 왜 울고 있느냐?"

"아, 주님 제가 원해도 제가 원하는 대로 살 수가 없습니다."

그 날 처음으로 로마서 6장이 알아졌다.

우리를 구원하셨을 뿐만 아니라 이 육신을 이미 십자가에서 처리하셨다는 것을.

그 어떤 기가 막힌 남자를 주서도 나라는 육신은 계속 다툴 수밖에 없다는 것을.

내가 아무리 잘하려고 해도 나는 십자가 외에는 빠져 나올 길이 없다는 것을.

죽지 않으면 살 수 없다는 것을.

왜 포도주를 새 자루에 담으셔야 하는 지를.

왜 생베 조각을 낡은 옷에 붙이지 않으시는 지를.

주님!

당신을 온전히 배우기를 소망합니다. 당신이 가르치십시오.

주님을
영접한 후

일본과 미국 형제자매들 속에서 주님과 동행하며 배우고 느낀 것
들을 모아봅니다. 부디 주님의 자비 속에서 끝날 때까지 우리의 경주
를 마치기를 기도하면서 이 글을 씁니다.

일본 자매와의 말다툼

만나고 있던 미국 교포 청년과 결혼을 하고(이 책 뒷부분에서도 나오지만) 우리는 신혼여행도 가지 않았고 서로의 생일이나 결혼기념일이나 그 어떤 세상적인 것들은 다 의미가 없다고 생각하고 살았다.

그러나 시간이 흐른 후에 주님께서 하나하나 가르치셨다. 우리가 의미가 없다고 생각하고 육신적이라 생각했던 것들에 다시 의미를 부여하셨고 육신이든 육신이 아니든 너희는 그저 사랑하라 하셨다.

일본 동경에 살면서 나는 학교에 다녔고 남편은 직장에 다녔다. 주님을 영접하게 도와주었던 침례교 계통의 모임에 나갔다.(이 책속에 그 어떤 모임이나 교회에 대해서 구체적으로 쓰는 것에 평안이 없어 상세한 언급을 피합니다.) 그곳에서 만난 일본 형제 하나가 우리 부부처럼 그 모임에 나왔다. 그 형제와 우리 부부 셋이 교제하게 되었다. 그리고 틈이 날 때마다 학교에서 주님을 전했다. 훗날 일본 자매들과 힘을 합해 함께 한 일 중에는 대학 안의 화장실 안에 조그맣게 전도지를 써서 붙여놓은 일이 있다. 그 전도지를 보고 한 일본 자매가 전화를 해서 같이 만나게 되었고 그 자매의 동생과 우리 안의 귀한 형제가 결혼을 하게 된다.

일본형제자매, 한국형제자매, 뉴질랜드 자매, 홍콩 자매, 하나하나 주님이 모아주셔서 7~8명이 우리 집에서 모이게 되었다. 몇 명 안 되는 형제자매들이라 우리들은 매일 만났다. 주말에는 거의 모든 시간을 같이 보냈다. 같이 기도하고 같이 찬송하고 성경을 읽고. 주 중에도 학교 뒤의 자취하는 형제 집이나 자매 집에서 점심도 같이 먹고 시간이 허락하는 대로 만났다.

그 날은 학교 바로 뒤에서 자취하는 한국 형제의 조그만 3조 다다미방(다다미 석장)에서 생각지도 않게 한국과 일본의 역사 이야기를 하게 되었다. 정말로 피하고 싶은 이야기였건만 일본 자매가 서슴없이 마구 말해 오는 데는 도저히 듣고만 있을 수가 없었다. "역사를 사실대로 배우지도 않아놓고 그렇게 막말을 할 수 있니?" 가슴이 터질 것처럼 쿵쿵거렸다.

사랑하는 자매였다. 이 자매가 주님을 영접하기를 얼마나 기도하며 고대했던가.

그런데 이제는 이 자매가 일본인이라는 사실이 우리 둘 사이를 갈라놓았다. 튀어 올라오는 감정에 어찌할 바를 몰랐다. 처음에는 그 자매가 너무나 꼴 보기 싫었는데 나중에는 나 자신까지 싫어졌다. 속이 상하고 미워서 "네 마음대로 말해봐." 하고는 방을 뛰쳐나왔다. 마음속이 흙탕물을 휘저어 놓은 것처럼 되어버렸다.

동경에 있는 다끼노가와 근처를 계속 걷고 있는데 그 때 주님이 말씀하셨다.

"너는 아직도 한국 사람이고 싶니? 너는 한국 사람이 아니다. 그 자매도 일본 사람이 아니다. 내 안에서 너희들은 새사람이다. 너희들은 천국의 사람들이다."

"아! 주님, 제가 또 이 죽은 육신을 껴안고 씨름을 했습니다. 그 자매가 그 어떻게 말해도 제가 이렇게 마음이 매일 것이 아닌 것을 이제 제가 압니다. 주님! 제 마음에서 당신이 주인이 되셔서 저를 다스려 주십시오. 그 자매를 사랑하는 것은 제가 아니라 제 안에 계신 당신이십니다. 부디 제가 한국인이라는 사실 속에서 온전히 자유롭게 하십시오. 이 육신은 죽을 때까지 한국인 일 겁니다. 그러나 제 영은 이미 당신 나라의 시민입니다. 십자가에서 당신과 함께 장사 지낸 이 육신이 더 이상 힘을 쓰지 못하게 하십시오."

도둑이 들어왔다 간 날

일본 동경에 있는 시나가와라는 곳에 살고 있을 때였다.

학교에 다녀왔는데 집에 와 보니 유리대문이 둥그렇게 깨져 있었다. 잠그고 나갔던 대문이 열려있었다. 놀라서 들어가 보니 집이 엉망이 되어 있었다. 서랍장 속의 모든 옷들이 나와 있고 서랍들은 다 뒤집어져 있었다. 집 안이 발을 디딜 곳이 없을 정도였다.

일본 경찰이 왔다. 한국에서도 도둑을 맞은 적이 없어서 경찰과 이렇게 가까이에서 조서를 쓰는 것은 처음이었다. 경찰이 도둑맞은 물건은 없느냐고 물었을 때에야 처음으로 형제자매들의 헌금 주머니가 우리 집에 있다는 것이 생각났다.

놀라서 마루 정 중앙에 있던 조그만 그릇장을 열었다. 헌금 주머니를 열어보니 돈 12만 엔이 그대로 있었다. 옆에서 보고 있던 경찰에게 집만 엉망진창이 된 것 빼고는 아무 것도 달라진 것이 없다고 말하는 내 얼굴을 바라보며 경찰이 말했다.

"네가 믿는 하나님이 이 집을 지키신 것 같다. 그러나 한 번 들어온 도둑이 또 들어올 수 있으니 돈을 집에 두지 않는 것이 좋겠다."

하나님을 믿는 사람이 흔하지도 않은 이 일본 땅의 경찰이 "너의 하나님"이란 표현을 쓴 것에 너무나 놀랐다.(그리스도인이 전 인구의 1%도 안 된단다.)

"어떻게 하나님을 아느냐"고 묻자 벽에 써 놓은 성경 구절을 보았노라고 경찰이 말했다.

정말 이 돈을 왜 도둑은 발견하지 못했을까? 바로 마루 정 중앙에 있었는데.

한번 도둑이 들어왔다 갔다는 사실에 한동안 이 집이 내 집이 아닌 것 같은 느낌이 있었다. 그 어디고 안전하지 않다는 생각에 집에 있어도 불안했다. 어느 때고 또 누군가가 들어올 수 있다고 생각하니 무섭기까지 했다. 심지어 이사를 해야 하나 하는 생각도 들었다. 그 심정 속에서 매일 오직 주님만을 의지하게 해달라고 기도했다. 집이 안전해서 안전을 느끼는 게 아니라 주님으로 인해 안전하고 싶다고 기도했다.(흡사 모임 속에서 누군가에게 심하게 상처를 받았을 때 더 이상 그 모임이 내가 몸담고 있어야 할 곳이 아닌 것처럼 느껴지지만 오직 주님으로 인해 자신의 자리가 존재함을 보기를 기도하듯.)

그러나 이 헌금 주머니를 지키신 것도 주님이시고 앞으로의 일들을 다 아시는 분도 주님이시다. 오늘 하루를 사는 것으로 족하다 하신다.

대문 벽에 쪽지를 붙여 놓았다.

"대문을 부수고 들어와서 아무 것도 못 가져가신 분께. 무엇이 필요하신지 전화주세요. xxx-xxxx 집 전화번호입니다."

일본을 떠나는 그 날까지 몇 년간 도둑은 들어오지 않았다. 다시 왔다가 그냥 간 건지 아니면 전혀 안 왔었는지 모르지만 주님이 우리를 눈동자처럼 지키신다 하신 그 말씀 그대로 우리를, 우리의 마음을 지키시는 주님이시다.

사랑하는 남편이
부인을 돌려받고 싶다고 말했다

일본에서의 만 4년 결혼생활.

매 주말마다 형제자매들이 집에 들끓었다. 토요일은 2~3명이 자기 집에 가지 않고 우리 집에서 잘 때가 많았다. 한국에서 형제자매들이 오면 10명 정도가 끼어 자고는 했다. 피터가 제일 밑에, 그리고 내가, 내 위쪽으로는 지에꼬 자매가 잤다.

우리들은 주님에 관해 교제를 할 때 언제나 일본어로 했다. 남편은 영어가 제일 편한 사람이다. 물론 통역도 하지만 많은 경우에 우리끼리 정신없이 교제를 하다보면 원래 말수가 적은 남편은 슬그머니 자리에서 없어져 버린다.

부엌에 가서 우리들의 점심이나 저녁을 준비해 주기도 하고 방에 들어가서 책을 읽기도 한다. 그때는 언어 때문에 대화가 되지 않아서 이 사람이 얼마나 외로울까 하는 생각조차 해보지를 않았다. 이건 미국에 와서야 가슴 절실히 느낄 수 있었다. 서투른 영어로 교제를 하려고 하니 피터의 일본에서의 시간들이 떠올랐다. 불편한 영어로 인해 내 자신이 얼마나 이기적이며 자신의 입장밖에 모르는 사람인지 또 느끼게 해주셨다.

가끔씩 오히려 이 사람이 좀 더 주님께 뜨거우면 슬그머니 빠져나가지는 않을 텐데 라고 생각했었다. 그러던 어느 날 느닷없이 남편이 별거를 하자고 말해왔다. 너무나 놀랐다. 세상에 주님을 알고 새로운 생명 속에서 산다는 사람이 주님을 따르고 주님을 사랑하는 자기 아내에게 별거를 하자니.

이유가 뭐냐고 묻는 내게 "나는 자매보다 부인을 갖고 싶다"고 대답했다. 너무나 솔직한 젊은 형제의 대답이었다. 처음에는 이 사람이 너무나 육신적이라고 생각했다. 결혼한 사람도 결혼하지 않은 사람처럼 하라는 성경구절도 있는데.

그러나 그 때부터 주님이 아주 조금씩조금씩 강퍅하고 고지식한 나를 가르치시기 시작했다.

한 점의 흠도 없던 예수님이 어떻게 순종하셨는지를.

남편이 왜 나의 머리인지를.

창세기의 사라의 순종을 보게 하셨다.

여러 말은 쓰여 있지 않지만 아브라함이 자기 신변의 안전을 위해 왕의 침실로 들어가라 했을 때 사라는 왜 아무 생각이 없었겠는가?

당당하게 주님을 의지하라고 왜 말하고 싶지 않았겠는가?

그건 틀린 일이니 절대로 순종할 수 없다고 왜 말하고 싶지 않았겠는가?

주님을 따른다는 것이 눈에 보이는 남편에게 순종하는 것보다 훨씬 쉽다고 느끼는 것은 왜 일까? 주님을 따르고 주님께는 순종하는 것 같은데 부모에게나 남에게는 순종이 안 된다면 우린 다시 주님 앞에서 배워야 할 것이다.

아마 지금 생각해보면 일본 생활을 정리하고 이 미국 멤피스 모임으로 이사 오게 해 주신 것은 주님의 엄청난 자비였다. 그대로 일본에 있었다면 아마도 나는 끝까지 주님을 따른다는 이유로 남편과 끝없는 평행선을 그으며 가려 했을 것이다. 아니 남편의 머리 위에 서 있을지도. 하마터면 주님을 섬긴다는 내 열심에 주님의 집을, 주님의 성스러운 질서를 엉망으로 해놓았을지도. 내가 생각하는 주님의 일과 주님이 생각하시는 주님의 일이 다를 수 있다는 것을 아주 조금 맛보았다. 내 생각 속에서는 옳음에도 불구하고(성경적으로 틀리지 않아도) 내려놓아야 할 때가 있다는 것을.

주님!
이 세상의 주인 되시는 주님!
그러나 주님은 주인처럼 사신 게 아니라 종처럼 사시다 가셨습니다.
부디 제 마음 속에서 당신이 받으셔야 할 합당한 그 자리를 당신이 가지십시오. 제 생각이나 의지가 당신으로 인해 내려놓아 지기를 기도합니다.(그러나 남편에게의 순종은 19년이 지난 지금도 저절로 쉽게 되지 않음을 고백합니다. 매번 주님의 손길이 없으면 또 다시 내 마음이 옳을 것 같은 길로 달려가고 있음을 고백합니다. 이 책 뒤에도 수없는 나의 갈등과 기도들이 있습니다. 순종하지 못하는.)

신학교를 가려다가

일본에서 주님을 전할 때마다 느끼는 것은 무엇인가 목사 자격증이라도 있다면 훨씬 사람들에게 말하기 쉬울 것 같았다. 사람들이 쉽게 받아들일 것만 같았다.

남편과 상의했다. 남편도 같이 신학교를 가기로 했다. 학비는 친정의 엄마가 도와주시기로 하고 조금씩 준비를 시작했다. 학교는 미국 캔서스에 있는 신학교(메츄로 빈야드)로 정했다.

그럴 즈음에 한국에서 동생 평애와 새롭게 만난 부부가 일본을 방문하게 되었다. 목회를 하셨던 형제님이라 우리들이 신학교에 가겠다는 것을 이해하시리라 생각했었는데 오히려 형제님은 이렇게 말했다.

"이미 형제님 자매님은 주님의 학교에 있는데 어디로 주님의 학교에 또 가신다는 겁니까? 그 원하시는 자격증은 결국 사람이 만든 제도에서 오는 것 아닙니까?"

이 말이 우리 부부의 가슴 속에 깊이 들어왔다. 우리가 갖고자 하는 것은 목사 자격증이고 그것을 통해 사람들에게 인정받고자 했던 것이다.

사람이 인정하든 안 하든 너는 나를 따르라 하시는 주님.

이스라엘 민족이 너무나 힘들어서 눈에 보이는 왕을 요구하듯이 너무나 많은 때에 눈에 보이는 또 보일 수 있는 것을 구하는 자신을 봅니다.

멤피스 모임과의 만남
그리고 서울에서 열린 1회 수양회

성경 속의 초대 교회 같은 교회를 찾고 싶었다. 주님을 영접하고 새롭게 사는 무리들.

그런 교회를 찾기 위해 한국 일본 다 합해서 20곳도 더 다녔다. 어떤 모임은 소개장이 없으면 아예 받아줄 수도 없다 했다. 어떤 모임은 다시 침례를 받지 않으면 함께 모일 수 없다 했다.

성경 속에서 말하는 교회는 정말 어떤 교회일까?

그 때 우리들은 일본 동경 우리 집에서 10명 정도의 젊은이가 모이고 있었는데 돌아가면서 짧게 메시지를 준비하기도 하고 키스크라스 선교사님의 테이프를 듣기도 했다. 크게 도움이 된 것은 역시 워치만 니형제의 책들이었다.

그러다가 일본을 다녀가신 형제님을 통해 미국의 멤피스 모임을 알게 되었다. 우리들의 눈으로 그 모임을 확인하고 싶어서 4명이 그 모임을 방문하기로 했다. 거의가 학생들이었고 남편은 우리 모임에서 유일하게 직장에 다니는 사람이었다. 일본 형제와 두 일본 자매 그리고 내가 다녀오게 되었다.

이 멤피스 모임을 방문하고 나서 우리 넷은 뉴욕에 있는 한국 모임에도 들렀었다. 왜냐하면 멤피스 모임을 알기 이전에 뉴욕의 모임에 대해서 들었고 한번 만나보고 싶었다. 어떤 형제자매들인가. 또 뉴욕 모임의 형제자매들이 우리들의 비행기 요금까지 도와주었다.

멤피스에 들렀다 오게 하신 것도 우연이 아니었다. 비교하고 싶지 않아도 마음에서 멤피스와 뉴욕 모임이 비교가 되었다. 짧은 시간에 두 곳을 다 보았으니.

뉴욕 모임에서는 주님의 일을 하고자 하는 강한 사람의 의지를 보았다. 그러나 멤피스는 너무도 자연스러웠다. 그저 있는 그대로의 인상이었다. 강조하는 것도 없고 있는 그 모습대로 우리를 그저 반겼다. 멤피스는 시골스런 조용한 마을이었다. 말은 제대로 통하지 않았지만 주님 한 분으로 인해 우리를 왕 대접하듯 섬겨주었다.

일요일 아침, 여기저기서 성경책을 들고 걸어오는 형제자매들을 바라보며 이상한 감동이 일어났다. 이렇게 가까이에서 모여 살 수 있다니. 이 땅에 이런 모임이 있었다니. 영어도 잘 못하는 나였지만 일요예배 시간에는 가슴이 터질 것 같은 감동이 있었다. 아무런 제도나 형식에 매이지 않고 주님만을 바라보는 무리를 보면서.

아무런 제도나 형식 없이 만나고 있는 무리는 이 세상에서 혹시 우리밖에 없는 것은 아닌가? 머리 한 구석에서 그렇게 생각했던 것들이 다 부서져 내려갔다. 우리처럼 아무런 프로그램도 아무런 형식도 없이 그저 주님 앞에서 기다리며 누군가가 노래를 시작하면 다 함께 노래를, 누군가가 기도를 하고, 누군가가 성경 구절을 읽고, 아무 것도 정해진 것이 없이 진행되는 그 2시간이 너무도 감격스러웠다. 며칠간인지 기억도 나지 않는 아주 짧은 방문이었지만 이 방문으로 인해 일본 자매 하나는 그곳 모임의 형제와 결혼까지 하게 되어 15년이 지난 지금 아이들 셋을 낳고 그 모임 속에서 열심히 살고 있다.

주님이 우리들의 눈을 뜨게 해 주셨다. 흡사 엘리야가 "나"만 남았다고 말했을 때 주님이 바알에게 무릎을 꿇지 않은 자 7,000인이 있다 하심처럼 말이다.

그 때가 1993년 가을이었고 그 해 겨울에 서울에서 첫 수양회를 갖게 되었다. 멤피스에서 네 분의 형제님과 한 분의 자매님이 오셨다. 일본에서 만도 10명 넘게 참석했다. 영어가 한국어로, 일본어로 통역되었다.

개인적으로 내게 이 수양회는 엄청난 의미가 있었다. 조각조각 워치만 니 책 속에서, 키스크라스 선교사님의 테이프 속에서, 성경 속에서 알던 것들이 함께 맞추어지는 중요한 전환점이 된 시간들이었다.

이 수양회를 통해서 주님이 우리가 어디로 가기를 원하시는 지를 명확하게 알았다고나 할까?(그 당시 나는 학교가 끝나가고 있었고 학생 비자가 끝나면 더 이상 일본에 머무를 수 없는 상황이었다. 남편은 동반 비자로 일본에 머무르고 있었다. 일본에 머무르기 위한 수단으로 공부를 더 하는 것은 아닌 것 같았다.)

"주님의 집"과 "주님의 몸"의 차이를 처음으로 알았다.

우리는 이미 주님의 몸에 속해 있었지만 우리는 함께 주님의 집을 짓고 있지는 않았다.(아니, 주님의 시각에서 우리는 이미 주님의 집안에 있었지만 아무런 기능도 하지 못하는 아주 연약한 상태였다고 표현해야 할지도…. 여기서의 주님의 집은 지역적인 의미에서의 교회를 의미하며 이 교회(주님의 집)를 지으시는 분은 사람이 아닌 오직 성령님이심을 다시 강조하고 싶다.)

처음으로 주님을 사랑하는 형제자매들과 함께 지어져 가게 해 달라고 기도했다.

하와이, 시애틀을 거쳐 드디어 멤피스로

남편은 자기 부모에게 주님을 전하고 싶다는 생각이 너무도 강했다. 나는 멤피스의 모임으로 가기를 너무나 원했지만 남편은 그곳이 좋다고 모든 그리스도인들이 그곳으로 모인다는 것은 주님이 원치 않으실 것이라며 자기 엄마가 계신 하와이로 가자고 했다.

남편은 어렸을 때 부모님이 이혼하셔서 부모님이 두 곳에 살고 계신다. 친엄마가 하와이에서 재혼해서 사시고 친아버지는 시애틀에서 재혼해서 사시고 계셨다.

주님도 우리가 멤피스로 가시기를 원하심이 틀림없을 것이라고 생각하고 남편의 마음을 바꿔보려고 했다. 그러나 남편은 완강하게 말했다. 둘째 형의 사업이 힘들다는데 거기서 형을 돕는 것이 주님을 따르는 자의 마땅한 태도라며 지금은 절대로 멤피스는 아니라고.

나는 주님께 모든 것을 맡기겠노라고 말씀드렸다. 하와이에서 10개월을 살았다. 가지고 갔던 돈이 다 떨어졌다. 형의 사무실 용품을 위해 자신의 카드까지 쓰는 바람에 신용카드 빚까지 지게 되었다. 남편은 형의 사업이 너무나 안 되어서 자기 월급 가져오는 것도 미안해했다.

우리는 시할머니와 함께 한국 교회에 나갔고 우리 둘 다 주일학교 선생을 했다. 지금도 몇몇 아이들의 이름이 생각난다. 구원을 받게 하고 싶어서 주일마다 아이들에게 복음만 전했었다.

마음속에는 늘 멤피스의 모임이 있었다. 이미 그곳에서 자리 잡고 살고 있던 일본 자매와 가끔씩 전화통화를 했다. 일본 형제와 한국에서 살고 있던 큰언니가 다녀가기도 했다. 무엇보다 첫 미국생활에 큰 도움이 된 것은 바로 엄마였다. 엄마가 오셔서 하와이에서 함께 살게 되었다.

주님을 이제 내가 알았다고 생각했지만 실제 생활 속에서 시어머니와 시할머니 그리고 형님들 밑에서 내 자신이 여전히 인간적인 생각들 속에서 자유롭지 못하다는 것을 뼈저리게 느꼈다. 나라는 인간은 끝까지 자유롭지 못할 것이다. 그러나 그런 속에서 주님만을 바라보라 하신다.

가지고 갔던 돈이 다 떨어져서 월급만 가지고 살아야 하는데 월급만 갖고서는 도저히 살 수가 없었다. 물가도 비싸서 더 이상 하와이에서는 있을 수 없게 되어 버렸다. 그렇게 해서 10개월간의 하와이에서의 시간이 지나갔고 그 후 시아버지가 계신 시애틀로 이사 갔다.

멤피스를 향한 내 마음은 여전했지만 주님께 맡기고 나서는, 나는 아무런 말도 하지 않았고 권한도 없는 것처럼 느껴졌다. 외롭게 계시던 시아버님은 우리들의 이사를 몹시 기뻐하셨다. 특히 손녀 딸 사라 죠이에 대한 사랑은 너무나도 크셨다. 좋은 직장도 갖게 되었다. 조금만 나가도 바다가 보이는 아름다운 도시 시애틀에서 우리도 이제 안정되게 사는 것처럼 보였으리라.

멤피스를 방문할 기회가 주어져서 1995년 겨울에 한 살 된 딸 사라 죠이와 세 식구가 다녀왔다. 좋은 시간들이었다. 주님을 사랑하는 형제자매들과 함께 모여서 살고 있는 일본 자매가 부러웠다. 서로 모두들 가까이 살고 있다는 것이 이 모임의 특징 중의 하나다.

미국이면서도 너무나 시골스런 멤피스의 조그만 마을거리를 걸으면서 또 기도했다.

"주님 제가 아직도 이들과 함께 살기를 원합니다. 당신을 사랑하는 이 무리들과 함께 지어져가기를 간절히 원합니다."

그 때 멤피스에서 매년 2~3월에 형제들의 주말 수련회가 있다는 소식을 들었다. 남편은 직장을 금요일 하루만 쉬면 그 수련회에 갈 수 있겠다면서 비행기 표를 알아보기 시작했다. 나는 속으로 너무나 기뻤다.

바로 1996년 2월 이 형제들의 수련회가 우리 네 가족(이때 내 속에 아들 참이가 있었다. 태어나서 3개월 후에 이사했다.)을 멤피스로 오게 한 큰 역할을 했다.

내가 그렇게 애원해도 꿈쩍도 않던 남편이 이 수련회에서 주님께 받은 것이 있었던 것이다. 2박3일의 형제들만의 시간 속에서 주님을 향한 형제들의 진실함이 남편에게 느껴진 모양이었다. 이들과 함께 있고 싶다고….

시애틀 부모님의 슬픔은 너무나도 커서 가슴이 아팠다. 죄송스러웠다.

"주님 부디 이 분들의 빈 마음을 당신이 채워 주시기를 기도합니다."(전혀 교회 생활을 안 하시던 두 분이 지금은 시애틀에 있는 한국 교회에 나가시고 계신다.)

남편 직장의 사장은 멤피스로 가서 그리스도인들과 함께 살겠다는 것은 좋지만 살 집도 없고 일할 직장도 구하지 않고 시애틀 직장을 그만두는 것은 미친 짓이라고까지 표현했다. 그래도 우리가 발을 뗄 수 있었던 것은 주님 때문이었다. 이렇게 해서 시애틀에서의 2년 반이 지나갔고 그렇게도 원하던 멤피스로 이사하게 되었다.

시애틀에서 암웨이를 해보려고

시애틀에서 있었던 이야기를 하나 쓰고 넘어가야겠다.

미국에서 사는 것은 생각처럼 쉽지 않다. 모두들 일을 하고 사는 삶이다. 딸 사라죠이가 어려서 어디서 어떻게 일을 해야 할지 몰랐다. 같은 아파트의 한국 아주머니들에게 주님의 이야기를 전하면서도 주변에 깊이 주님을 함께 나눌 사람이 없다는 것이 안타까웠다. 교회는 나가고 있었지만 주일만의 만남은 오히려 갈증만 더해졌다.

물론 시애틀의 자연은 너무도 아름다워서 지금도 돌아가고 싶고 생각날 때가 있다. 미역, 파래, 고사리를 따고 조개를 캐고 굴을 바다에서 직접 따서 고추장을 싸가지고 가서 그 자리에서 먹고(굴을 많이 먹으면 설사가 난다는 것도 그때 알게 되었다.) 바다가 있고 산이 있고 영화 속의 삶처럼 아름답다. 그러나 영적으로는 삭막했다. 마음 한 구석에는 언제나 멤피스의 모임이 계속 있었다.

그런데 뉴욕에 사는 한 자매가 암웨이를 해보라고 권해왔다. 1995년이었다. 많은 사람이 아직 암웨이를 잘 모를 때였다. 집에서 노느니 한번 해볼까 하는 생각이 들었다.

남편에게 아무 생각 없이 물었다.

"뉴욕 자매가 권한 건데 암웨이라고 있데. 물건을 가정에서 파는 건데 질이 정말로 좋다네. 그래서 암웨이 쓰는 사람들은 그 물건만 쓴데. 나도 한번 해볼까?"

남편의 반응에 깜짝 놀랐다.

"만나는 사람마다 너는 암웨이를 얘기하고 싶어질 거야. 어떻게 하면 암웨이 이야기로 화제를 돌릴까, 네 머릿속은 오직 그 생각만 하게 될 거야. 주님을 나누어야 할 자리에서조차도(너도 모르는 사이에) 암웨이 이야기가 튀어 나오게 될 걸. 생각조차도 하지 마!"

두고두고 생각해 봐도 그렇게 딱 잘라서 말해준 남편이 참 고마웠다.

사라죠이를 갖기까지

　이야기를 잠깐 돌려서 딸아이를 갖기까지의 이야기를 해야 할 것
같다.

　앞에서도 썼듯이 우리부부는 신학교에 가려고 했다. 우리는, 아이는
주님의 일에 방해가 된다고 생각했었다. 그래서 1990년 5월에 결혼을
하고도 아이를 가질 생각을 전혀 하고 있지 않았다. 그러다가 신학교
를 내려놓을 즈음부터 아이가 갖고 싶어졌다. 그러나 정작 아이를 갖
고 싶어 하니 아이가 생기지를 않았다.

　한 달 한 달이 초조하게 지나갔다. 기다려서 그런지 한 달이 유난히
길었다. 그렇게 6번째의 한 달이 지나갔을 때였다. 그 날 나는 창세기
를 읽고 있었다. 갑자기 주님께서 이렇게 물으셨다.

　"너는 사라가 생리가 다 이미 끝난 노년에 아이를 낳았다는 것을 믿
지 않는 구나."

　나는 깜짝 놀랐다. 내가 성경을 믿고 있지 않다니? 그러나 내 마음을
들여다보니 이렇게 생각하고 있었다.

　"신체의 결함이 없는 젊은 남녀가 같이 자면 아이가 생긴다고."

그 어떤 생명 하나라도 주님이 주시지 않으면 이 세상에 올 수 없음을 처음으로 알았다. 집이 없는 거리의 거지들조차도 주님의 주권 밑에서 태어난 것이다.

주님께 매달렸다.

"주님의 자비가 없이는 믿고 싶어도 믿지 못하는 자입니다. 부디 저에게 사라를 주셔서 제가 그 아이를 사라라 부르며 당신께 온전히 순종하며 살게 하십시오."

의사가 여자 아이라 말하기도 전에 나는 뱃속의 아이를 사라라고 불렀다.

내가 성경을 읽어도 믿는다고 해도 주님의 빛(성령의 임재)이 없으면 절대로 알지 못하고 깨닫지 못한다는 것을 고백합니다. 제게 사라를 주셔서 저는 티끌이고 이 모든 것의 주권을 당신이 가지셨음을 알게 하셔서 감사합니다.(그러나 나라는 인간은 이렇게 보여 주셨음에도 불구하고 여전히 실패의 연속인 것이 뒷부분에 계속 나옵니다.)

첫 번째 고난 :
남편이 아이들을 키우고 내가 직장을

멤피스에 왔건만 남편에게 생긴 첫 번째 직장은 시간급이었다. 8시간을 일해도 생활비가 안 되는 액수였다. 남편이 당신도 식당에서라도 일해야 하지 않을까 하고 말해왔을 때 나는 조금 서글펐다. 지겹도록 일본에서도 식당에서 일을 했었는데 또 식당인가.

저축은 없어지고 남편의 말을 따를 수밖에 없었다. 남편이 일하는 컴퓨터 가게 옆에 중국 식당이 있는데 그 주인에게 말해서 일하게 해보겠다고 남편이 말했다. 그러나 중국 식당은 평안이 없었다.

나는 기도하고 "전화번호부에서 찾아볼게"라고 말했다. 다음 날 전화번호부를 안고 기도하며 어느 식당을 가야 하느냐고 주님께 물었다. '다네' 라는 일본 식당이 눈에 띄었다. 마침 웨이트리스를 찾고 있었다며 당장 나와 달라고 했다. 메뉴를 외우며 언제까지 또 웨이트리스를 해야 하나 하는, 한심한 생각이 들었다.

남편이 돌아오면 나는 저녁에 식당에 나갔다. 첫 3주간은 트레이닝 기간이라 제대로 수입이 없었다. 종업원 사이에 구역이 있어서 자기 구역에 손님이 앉으면 그 손님의 팁은 자기 것이 되었다. 거의 2주가

지났을 때 나는 큰 실수를 했다. 내 손님 음식이 아닌 것을 내가 가지고 갔고 그 음식이 더 비싼 것이었다. 자기 손님의 음식을 가지고 갔다고 인상을 마구 쓰는 중국계 고등학생 아이를 뒤로 하고 막 달려 손님 테이블에 가보니 이미 손님은 자기가 시킨 것이 아닌 것도 모르고 먹기 시작하고 있었다.

기운 없이 주방에 돌아오니 또 그 고등학생 아이가 막 면박을 주었다. 아들 같은 나이의 아이한테 면박을 당하고 나니 갑자기 내 처지가 너무나 슬펐다. 화장실에 들어가서 한참을 울면서 기도했다.

"죽이시기도 하고 살리시기도 하는 주님! 부디 제가 더 이상 실수하지 않고 잘 헤쳐 나가게 저를 인도해 주세요. 아들 같은 아이에게 또 면박을 당하면 어떻게 해야 할지 모르겠어요. 주님, 저와 함께 계셔 주세요."

다음 날 저녁 또 그 중국 아이와 내가 남게 되었다. 유난히 손님이 없었다. 그러자 그 중국 아이가 불쑥 말했다.

"둘이 있을 필요가 없을 것 같아 누군가 하나는 집에 가는 게 좋을 것 같은데…."

내가 말했다. "네가 이 식당에 먼저 들어왔으니 선배니까 네가 결정하는 대로 나는 할게."

'선배'라는 단어에 머쓱해 하며 중국 아이가 자기가 집에 가겠노라고 말하며 앞치마를 벗는 순간 손님이 들어와서 그 아이 구역에 가서 앉았다. 중국 아이는 순간 가서 이 손님만은 받고 갈까 하는 얼굴로 내 얼굴을 보더니 "가서 저 손님 받아요." 하고는 주방으로 들어가 버렸다.

그 일본 손님이 바로 지금 내가 나가는(13년째 나가고 있다.) 회사의 사장이다. 사무원이 임신해서 아기를 낳으러 출산 휴가에 들어가는데 마땅한 사람이 없어서 계속 기도하고 있었다고 했다. 일본 사장도 그리스도인이었다.

일본 손님이 불쑥 우리 회사에서 일 해 볼 생각이 없느냐고 물었다. 나는 남편에게 물어보겠다고 대답했다.

모든 조건이 이 일본 회사가 남편의 컴퓨터 가게보다 몇 배나 더 좋았다.

남편이 아이들을 볼 테니 나더러 9시부터 5시까지 풀타임 직장 생활을 하라고 했다. 이 직장은 이력서를 넣어서 찾은 것도 아니고 누가 소개한 것도 아니고 주님이 주신 것이란 것을 둘 다 즉시 알았다.

일본 식당은 결국 3주간의 트레이닝도 못 마치고 그만 두었다.

"우리를 낮추시기도 하시고 높이시기도 하시는 주님 모든 것이 당신의 손안에 있습니다."

마음이 약한 나보다 아이들을 훈련시키는 데는 남편이 훨씬 뛰어났다.

물론 어려움이 있었다. 여자가 집에 있었으면 밥을 해놓고 기다릴 텐데. 남편은 밥을 해야 할 때 전기밥솥에 스위치를 눌러주는 것조차 잊어버릴 때도 있었다. 그럴 때마다 불공평하다는 육신의 소리에 그 순간 죽지 않으면 마음에 어려움이 남는다.

돈을 내가 더 많이 벌어 온다는 등, 남편을 우습게 생각하려하고 몰아세우려 하는 내 육신의 소리를 뱀의 머리를 치듯이 처가면서 살아야 한다.

엄마가 계서서 많은 도움을 주셨다.

친하게 지내는 린다 자매가 지금도 가끔 이렇게 말하곤 한다.

"피터가 집에서 4년간 너희 아이들을 훈련시킨 바람에 너희 아이들이 참 잘 큰 것 같아. 인애 네가 직장 안 나가고 키운 것보다 더 좋은 결과가 되었어."

나도 정말 그렇게 생각한다. 지금도 아이들이 금방 말을 안 들을 때 아빠한테 전화한다고 말하면 아이들은 금방 조용해진다. 내가 키웠으면 아이들의 버릇이 나빠졌을 것이다.

처음 4년간 9시부터 5시까지 주 40시간 일을 했다. 4년이라 쓰기는 간단하지만 어려운 시간들이 많았다.

어린 아이들이 둘이나 있고 부인은 일을 나가고 장모님과 집에 남겨진 피터에게는 그 4년이 너무도 긴 시간이었다. 3년 몇 개월인가 지났는데 피터가 나더러 직장을 그만두라고 말했다. 깜짝 놀랐다.

"아니 어떻게 먹고 살지?' 생각했지만 입으로 말하지는 않았다. 얼마나 피곤하고 괴로우면(밖에서 돈을 벌어 와야 할 남자가 집에 있다는 자체가 피곤하고 괴로운 일이리라.) 이렇게 말할까 생각했다.

"정말 내가 그만두어도 우리 괜찮을까?' 그러자 남편이 말했다. "가끔씩 파트타임으로 일을 하고 있고 직장이 생기면 학교도 강의를 조금씩 들으면서 일을 더 많이 하는 쪽으로 하면 되니깐 그 걱정은 하지 마. 그냥 회사에다 2주 뒤에 그만두겠다고 해."

나는 전혀 평안이 없었지만 남편이 말하니 따를 수밖에 없었다. 회사에 출근해서 사장님께 말씀드렸다. 남편이 회사를 그만두라고 했다고. 그러자 잠잠히 들으시더니 이렇게 말씀하셨다.

"미세스 김, 남편이 학교를 끝마칠 때 까지는 이 회사에 다니는 것이 좋을 것 같은데. 이야기를 듣는데 평안이 없네. 남편에게 가서 이렇게 말해보지. 학교를 마칠 때 까지는 내가 회사를 그만둘 수 없다고 했다고. 차라리 필요하면 2~3주 휴가를 다녀오지 그래."

집에 돌아와서 사장님이 말씀하신 그대로를 전했다. 남편은 사흘 정도 대답도 없었다. 그리고는 "그래, 사장님 말씀대로 내가 직장을 잡을 때까지 그냥 다녀."라고 짧게 말했다.

회사에 가서 사장님께 말씀드렸다. "남편이 직장을 잡을 때까지 다시 그냥 다니라고 했습니다." 사장님은 아주 기뻐하셨다.

그 후 일 년도 안 지나서 남편은 대학을 졸업했고 직장도 구했다. 남편은 아주 당당하게 이제 직장 그만두고 집에서 살림하라고 말했다. 남편의 직장이 구해진 것과 이제는 집에서 살림하라고 한다는 이야기를 전해들은 사장님이 남편에게 물어보라고 하셨다. "파트타임으로라도 조금씩 나와서 일을 해줄 수는 없을까?" 남편은 한참 생각하더니 월, 수, 금 3시간 씩 하라고 했다. 이렇게 해서 나의 직장 생활이 파트타임으로 바뀌게 되었다.

지금 이 순간에도 나가고 있는, 주님이 주신 내 직장이 있다는 것이 너무나 기쁘다. 진심으로 주님께 감사하며 오늘도 주님과 함께 일하고 있다.

당신에게 순종하는 것이 곧 눈에 보이는 남편에게 순종하는 것이란 것을.
주님, 계속 저희 자매들에게 보여 주십시오!

두 번째 고난 : 인텔의 유혹

첫 번째 고난과도 직접 이어지는 것으로 남편이 직장을 찾으면서 일어난 이야기다.

직장이 안 되니까 멤피스 주변에다만 넣던 이력서를 남편이 멀리까지 넣기 시작했다. 사실 멀다는 이유로 직장을 구할 찬스가 있었음에도 불구하고 아예 이력서를 넣지 않았었는데, 나중에 일본 쯔꾸바의 인텔에서 연락이 왔을 때는 남편이 일본까지 면접을 가고 싶어 했다. 주님이 여기 온 지 얼마 안 되는 우리를 다시 일본으로 보내실 것 같지는 않았지만 그러나 인텔을 거절할 수가 없었다. 컴퓨터 하는 이들의 꿈같은 직장이란다.

남편은 면접을 다녀와서는 조건도 좋고 가고 싶다고 했다. 일본에 가면 다시 일본 사람들에게 주님을 전할 수 있겠다며 우리 부부는 잠깐 꿈에 부풀었다. 그러나 마음 한 구석에 이것이 정말 주님이 원하시는 것일까 하는 의문이 있었다. 고정된 직장이 없이 반년 가까이를 집에서 아이들을 보다 보면(물론 파트타임으로 일을 하곤 했다.) 정식 직장에 들어가서 가족들을 부양하고 싶었을 것이고 그것도 그렇게 동경

하던 인텔인데.

3일 금식 기도를 했다. 나는 남편이 저렇게 좋아하는데 싶어서 말을 할 수도 없었고 한편 장소가 일본이라니 혹시 주님이 다시 보내시나 하는 마음도 있었다.

어떤 면에서는 우리 부부가 한마음으로 가도 좋겠다는 생각까지 들었다. 그러나 주위의 형제자매들의 마음들을 들어보았을 때 그들에게 평안이 없었다. 남자가 직장이 없이 집에서 아이들을 보고 있었고 마침내 좋은 직장이 나왔는데 함께 모임을 갖던 형제자매들이 평안이 없다 하면 그대로 내려놓아야 하는 건가? 그냥 이대로 부인이 8시간 하루 종일 일을 하고 남편은 집에서 아이들을 돌보며 근처에서 직장이 나올 때까지 기다리라는 말인가?

실제로 이 일을 겪고 있는 것은 우리 부부인데 왜 형제자매들이 이렇게까지 깊이 관여해야 하는가? 그럼 어디까지 형제자매들의 말을 들어야 하는 건가? 별별 생각이 다 들었다.

남편은 오히려 잠잠히 말이 없었다. 여태까지는 부부가 하나가 되어 기도 속에서 평안하면 문제될 것이 없다고 생각했었다. 그러나 이제 주님이 원하신다는 확신이 없으면 한 발자국도 움직일 수가 없었다. 왜냐하면 주님 이외에 어떻게 이 형제자매들과 맞설 수 있겠는가?

주님께 매달렸다. 확실하게 보여주시라고. 이것이 정말 세상의 유혹이냐고. 신실하신 주님께서 남편과 내게 너무나도 귀한 것을 똑같이 가르쳐주셨다. 몸으로 실제 생활 속에서 이 일을 겪은 것이 너무나도 감사했다.

"지금 너희들이 내 몸 안에서 함께 지어져 가는 거다. 나는 너희들이 더 나은 미래를 향해가는 것보다 더 나은 직장을 찾아가는 것보다 내 몸의 비밀을 알기를 원한다. 처음에는 너 혼자였고 그 다음에는 남편과 너 두 사람의 하나 됨, 그리고는 몸의 하나 됨을 너희들의 생활 속에서 보게 된다. 전혀 이익이 없어도 몸의 요구가 있어 많은 부위들이 희생하며 움직일 때가 있고 아픔이 있어도 다른 부위의 기쁨을 위해 참고 있을 때가 있다. 너희들이 형제자매들로 인해 내려놓은 것들은 모든 책임이 이미 너희들에게는 없단다. 모든 책임은 몸이 진단다.”

우리 부부는 무엇보다도 주님의 뜻을 먼저 구하기를 간절히 원했기에 일본 인텔에 가지 않고 이대로 있는 것이 만에 하나 주님의 뜻에 어긋난다 해도 그 책임이 전부 주님께 있다고(몸으로 함께 살게 하시고 그 몸 안에 평안을 주시지 않는 것은 전적인 주님의 책임인 것이다.) 둘이 똑같이 느꼈다.

이렇게 느끼게 해주신 것도 주님이시다. 오래 동안 고심하던 인텔의 문제가 조용히 내려놓아졌다. 우리가 함께 산다는 것은 모든 문제들을 함께 지고 있는 것이다. 이 인텔 일을 통해서 우리는 큰 것을 얻었다. 고심하고 기도하고 길이 안 보이는 것 같아도, 그러나 그 시간들을 통해서 주님이 가르치시니 너무나 기쁘다.

멀리 일본까지 이력서를 냈던 남편의 이 일은 결코 우연이 아니었다. 이 일이 없었다면 주님의 몸의 실제의 기능을 절대로 배우지 못했을 것이다. 뒤의 이야기를 하자면 남편에게는 주님이 너무나 좋은 직장을 주셨고 나에게는 하루에 2시간씩만 일하게 해주셨다. 아이들도 가까이에 있는 대학교에서 바이올린과 수영을 배우게 해주시고 나는 아이들과 홈스쿨을 하면서 영육 간에 넘치는 축복 속에 있다.

한국에 두고 온 아들을 다시 만나기까지

처음 이혼할 때부터 한국 법에 엄마가 아이를 양육할 수 없다는 것은 알고 있었지만 생각할수록 마음이 아프다. 주위에서 애까지 버리고 저렇게도 새 살림 차리고 싶을까 라고 말하는 소리를 들을 때는 아무 할 말이 없어진다. 마음속에서 눈물만 흘렸다.

그러나 주님의 약속이 있었다.

"설사 네가 훈이를 키워도 내가 함께 하지 않는다면 아무 소용이 없잖니. 너는 옆에 있을 수 없지만 내가 그 애 옆에 있어주마."

이 음성을 들은 것은 1992년 아들 훈이를 일본으로 데려오려고 하다가 막바지에 훈이 친할아버지께서 마음을 바꾸셔서 이루어지지 못했을 때 들었다.

훈이 아빠가 일본 동경까지 찾아와서 지금의 남편을 만나보고 아이를 줄지 안 줄지를 결정내리겠다고 해서 셋이 일본 닛보리역 근처에서 만났다. 훈이를 잘 키워 줄 사람처럼 보인다며 곧 훈이를 보낼 수속을 하겠다고 말했다. 살고 있던 곳이 아이와 살기에는 불편할 것 같아서 이사까지 했다. 훈이가 다닐 초등학교가 아파트 베란다에서 내려다보이는 언덕 위의 4층, 방 두 개지만 두 방 사이에 커다란 마루가 있었다.

한국에 가서 아들만 데려오면 이제 모든 것이 되겠구나 생각했다. 한국에 나가서 훈이를 만났다. 너무나 많이 컸고 엄마 없이 자란 아이 같지 않게 너무나도 밝고 명랑했다.

하루 밤을 순애 언니 집으로 데려가서 같이 잤다. 몇 년 만에 만나는 사촌간이건만 순애 언니의 두 아들들과도 훈이는 너무나 잘 어울렸다. 다음날 훈이를 데려다 주었다. 이틀 후 다시 만나게 해달라고, 바로 아파트 정문 앞에 와 있다고 전화를 했을 때, 훈이 친 할아버지의 태도가 전혀 달라져 있었다.

"미안하다. 마음이 바뀌었다. 그냥 일본으로 돌아가라."

선이 끊긴 수화기를 내려놓고도 아파트 정문 옆의 공중전화 박스 안에서 마냥 서 있었다. 생각지도 못한 상황에 어떻게 해야 할지를 몰랐다. 그냥 걷기 시작했다. 한강을 향해 계속 걸었다.

"내가 잘 나서 아이를 더 잘 키울 수 있을 것 같아서가 아닙니다. 내가 당신을 알기 때문입니다. 내가 훈이에게 세상에서 가르치고 싶은 것은 오직 주님 당신뿐입니다."라고 울면서 기도했다.

바로 그 때 주님의 음성을 들었다.

"내가 그 아이의 옆에 있겠다."는 그 약속을 붙들고 처절한 마음으로 일본에 돌아갔다. 그 이후 나는 단 한 번도 훈이네 집에 전화하지 않았다. 훈이를 달라고 두 번 다시 묻지 않았다. 주님의 음성을 들은 이후 온전히 내어맡긴 상태였기에 전화 한번 다시 안 걸었지만 깊은 평안이 있었다.

그 후 일본에서 미국으로 들어갔고 미국시민권을 받을 때도 훈이를 아들로 기록해 놓아야 나중에라도 훈이가 우리 곁에 쉽게 올 수 있다며 지금의 남편이 모든 서류 속에 훈이의 이름을 적어 넣었다. 실제로 그런 날이 오리라 생각도 못했다. 8년이 지난 1999년 여름 한국의 순애 언니에게서 전화가 왔다.

훈이 친할머니가 전화를 해서 네 번호를 알고 싶어 하는데 가르쳐주어도 되느냐고. 다음 날 훈이 할머니에게서 일 년 가까이 내 전화번호를 알고 싶어 했다며 전화가 왔다. 훈이가 어떻게 지내는지 너무나 궁금했다. 훈이 할머니는 미국에 와 계시고 훈이는 한국의 큰 고모 집에 있다 했다. 훈이를 위해 죽기라도 할 것처럼 사랑하신다더니 그런 훈이를 딸에게 맡기고 왜 미국으로 오셨다는 말인가. 그럼 훈이가 고모 집에 얹혀서 살았다는 말인가. 왜 진작 내게 안 주셨다는 말인가.

큰 고모와 전화통화로 알게 된 것은 훈이가 너무나 속을 썩이고 있다는 것이다. 두 손 두 발을 다 들은 상태인 것 같았다. 15살의 훈이가 가출을 하고, 거짓말을 하기도 하고, 길거리에서 자기도 하고, 자기 멋대로 살고 있는 것 같았다.

전화를 끊고 남편에게 이야기했다. 그러자 대뜸 남편이 훈이를 지금이라도 미국에 보내줄 수 있느냐고 물으라고 했다. 너무나도 고마웠다. 이미 훈이에 대해서 그 집 식구가 마음의 포기를 했던 모양이다.

마지막 방법으로 제 엄마 곁으로 보내 보자는 게 훈이 할머니의 생각이었다. 훈이 고모는 무척 기뻐했다. 아직까지 훈이를 원하고 있다고 생각도 못했다고 말했다. 그때 둘이 갈라설 때 훈이를 사실은 훈이 엄마에게 보냈어야 했는데 훈이 아빠가 어린 훈이를 보면서 사람이 될까 해서 잡아놓았던 건데 하며 미안해했다. 훈이 고모는 훈이를 미국으로 보내는 것에 최선은 다해 보겠지만 훈이가 만의 하나 비행기 갈아타는 공항에서 없어질지도 모른다며 한국 공항으로 보내는 것까지는 해보겠다고 했다. 우리는 필요한 모든 서류를 즉시 준비해서 미국 이민국에 보냈다.

그 당시 멤피스의 모임에 아이들을 위한 기도모임은 따로 없었다. 나는 엄마와 새벽마다 YMCA에서 수영을 했었다. 수영을 하고 나서 스팀룸 안에서 둘이 기도를 했다. 하루쯤 아이들을 위한 새벽 기도가 있었으면 좋겠다고 느끼고 있을 때 마샤 자매가 아이들을 위한 새벽 기도를 자매들 사이에서 매주 월요일마다 하게 되었다고 말해주었다.

흡사 주님이 "너를 위해 마련한 시간이라"고 말씀하시는 것 같았다.

월요일 기도 모임에서 자매들에게 훈이의 이야기를 했다.(1999년 10월) 부디 모든 수속이 순조롭게 되어 하루라도 빨리 훈이가 이곳으로 오게 해달라고 다른 자매들과 함께 기도했다. 이 기도 모임은 십년 가까이 지난 지금도 이어지고 있다.

훈이를 위해서 집도 이사해야 할 것 같았다. 집을 판다고 사인을 붙인 그날로 집을 사겠다는 사람이 나왔고 너무나 쉽게 집이 팔렸다. 처음 집을 본 신혼부부가 바로 샀다. 엄마가 이렇게 집을 쉽게 파는 경우는 살아생전 처음 보신다며 놀라셨다.

옆 골목에 있는 방이 4개 있는 집으로 이사했다. 이 집도 주님이 주신 집이라는 확신이 있기까지 시간은 걸렸다. 특히 액수 면에서 예산보다 컸기 때문이다.

그러나 주님은 남편의 '수입'에 의존해서 이 집을 사겠느냐고 물으셨다. 눈에 보이는데 맞추어서 살 거냐고 물으셨다. 그 때 남편은 고정

직업이 없었다. 나는 그 때까지 눈에 보이는 예산에 맞추어서 사는 방법 외에 다른 방법은 몰랐다.

그러나 처음으로 은행 돈을 많이 빌려서라도 이집을 사야 할 것 같았다. 매달 부어야 할 돈을 낼 수 있을지, 수입이 적어지면 어쩌나 하는 염려를 주님께 내려놓았다.(이 집을 주신 것이 틀림없다는 확신이 우리 두 사람에게 있었기에) 뒷이야기를 쓰자면 15년 기간으로 빌린 그 큰 은행 돈을 7년 만에 다 갚을 수 있게 해주셨다.

이제 곧 훈이가 미국에 오겠다 하며 달력을 들여다보며 기다리는데 훈이가 또 집을 나갔다는 고모의 애가 타는 전화가 왔다. 흥신소에라도 연락해서 아이를 찾자고 하니까 너무나 화가 난 고모는 내버려 두자며 죽든지 살든지 그냥 둘 거라고 했다.

비용은 내가 내겠다고 해도 고모는 아니라며 집에 들어오면 미국에 보내고 아니면 제 인생 제멋대로 살게 내버려둔다고 했다. 속으로 자기자식이 아니라서 이렇게 말하나 하다가도 얼마나 속을 썩였으면 저럴까 싶기도 했다. 훈이가 집 나간 지 일주일이 지나서 비행기타기 바로 전날 밤에 들어왔다는 연락이 왔다.

훈이가 멤피스에 도착한 그 날은 내 생일 날이었다. 2000년 7월21일. 묘하게도 내 생일 날. 훈이는 주님이 내게 생일 선물로 새롭게 주신 것이란 것을 나는 알고 있었다. 8년 만의 만남이다. 16살의 노랑머리의 훈이가 멤피스 공항에 나타났다. 두 번 다시 그들에게 훈이를 달라고 애걸하지도 않았는데 주님이 훈이를 내 곁으로 보내 주셨다. 훈이가 속을 썩이는 불량한 아이가 아니었으면 절대로 오늘이 없었으리라. 이 노랑머리 훈이와 가야할 길이 얼마나 험악할까?

주님!

당신의 계획 속에서 이 모든 일이 이루어졌음을 제가 믿습니다.

제가 계속 해서 당신만을 온전히 의지하게 하십시오. 그 어떤 어려움
속에서도 당신께만 매달리게 하십시오. 훈이가 당신을 알게 하십시오.
좋으신 주님!

주님을 영접한 훈이
그리고 방황 그리고 돌아옴

모자지간이지만 우리는 너무나 서로를 몰랐다. 자기가 사용하는 화장실이 있건만 다음 날로 우리 부부의 화장실에 들어와서 담배를 피운 것을 알게 된 날은 앞이 캄캄했다.

미국 아빠가 담배를 끊으라고 말했지만 16살의 훈이는 말을 쉽게 듣는 아이가 아니었다. 다람쥐처럼 어떠한 상황 속에서도 잘 빠져나가는 꾀가 많은 아이였다. 머리도 좋아서 금세 영어를 배웠다.

집에서 학교공부(홈스쿨)를 시켰다. 늘 멋대로 돌아다니던 아이라서 집에만 있는 것이 미칠 것만 같다고 했다. 집 차고에서 한국에서 늘 하던 브레이크 댄스를 연습하기 시작했다. 동네 모임 아이들 몇몇도 불러서 함께 브레이크 댄스를 했다. 심지어는 나이 40이 넘은 미국 아빠까지 머리를 차고바닥에 대고 돌리고 땀을 흘리며 연습하기도 했다.

곧 태권도도 등록시켰다. 태권도에 재미를 붙이는 것 같았다. 태권도 시합을 겸해 가족 전체가 차타누가라는 도시에 여행도 다녀왔다. 그러다가 5개월이 지난 그해 겨울이었다.

훈이는 어떻게 해서든지 가족들이 다니는 모임(교회)에 나름대로 적응해보려는 것 같았다. 모임의 한 형제가 와서 주님을 전했고 훈이는 "주님을 영접했노라"고 말했다.

그 주 일요일 처음으로 훈이가 일어나서 영어로 짧게 자기의 상태를 간증했다. 그러나 세상은 쉽게 훈이를 놓아주지 않았다. 오히려 주님을 영접했다 하니 더 강하게 유혹하기 시작했다.

훈이는 축구를 좋아하고 잘해서 일요일에는 모임의 아이들과 축구를 하곤 했었다. 그러다가 축구를 하는 한국 사람들을 만나게 되었다. 나는 미국에 있으면서 만나는 한국 사람이 전혀 없다. 같은 모임에 나오는 또 하나의 한국가정을 빼고는.

반년도 안 돼서 4년을 넘게 이곳에 산 나보다 훨씬 많은 한국 사람들을 알고 있는 훈이. 특히 친해진 한국 청년들과의 만남을 내가 절제하게 시켰더니 훈이의 반응은 오히려 더 그쪽으로 달려가는 것 같았다. 훈이의 요지는 그들에게도 우리가 아는 이 귀중한 주님을 전해야 한다는 것이었다.

어느 날은 쪽지를 써놓고 집을 나가버렸다. 한국에서의 버릇이 다시 나온 것이다. 주님을 전하기는커녕 옛날처럼 자유롭게 살고 싶었던 것이다. 무절제와 방종 속에서 살았던 과거가 그렇게 쉽게 죽지 않는다는 것을 알고는 있었지만 받아들이기가 쉽지 않았다. 집으로 다시 들어오고 또 나가고 훈이가 미국에 오고 나서 6년간 우린 이런 연속이었다.

정말 감사한 것은 이런 일말의 일들을 통해 주님은 내가 어떻게 남편에게 순종해야 하는 지를 계속해서 가르치셨다. 육신은 끊임없이 속삭인다.

"낯선데다 말도 안 통하는 곳에서 너의 남편이 훈이에게 더 따뜻하게 해야 하는데 너무 애한테 엄하게 하는 거야."

"그건 훈이에게 공평한 처사가 아니야."

"자기 친 자식이 아니라서 그럴 수 있는 거야."

"자기는 미국에서 컸지만 훈이는 한국에서 컸는데 다르게 대해야지."

이 육신의 소리에 한 번이라도 귀를 기울이면 내가 재판장의 자리, 선악을 판가름하려는 자리에 서는 순간 나는 덫에 빠진 생쥐처럼 되어버린다. 나는 몇 날이고 우울해서 견딜 수가 없었다. 나는 정말 감정적인 인간이다. 주님만을, 주님의 음성만을 듣기를 간절히 기도했다.

이 죽은 파리 같은 육신의 소리가 나를 끌고 가지 못하게 하시라고 기도했다.

훈이는 수단이 좋아서 집을 나가서도 쉽게 한국 가게에서 일자리를 구했다. 훈이를 바라보면 나는 내가 어떤 자인지 너무나 금방 알아진다. 얼마나 감정적인지, 얼마나 눈에 보이는 대로 반응하려고 하는지. 자기 자식 하나도 제대로 인도하지 못하는 나.

훈이는 나를 겸손케 잡아주는 줄이다.

"뭐 이런 네가 십자가에서 죽었다고?" 사탄은 물어온다.

훈이가 속을 썩이는 것을 감사할 수 있기까지 나는 정말로 긴 시간이 걸렸다. 소리 지르고 싸워도 보고 울어도 보고 주님께 내려놓기까지 말이다. 주님은 커서 만난 조카라 생각하면서 설사 거짓말을 해도 잠잠히 있으라고 하셨다. 내가 어떻게 잠잠할 수 있단 말인가. 주님의 힘이 아니면 나는 도저히 훈이를 사랑하기는커녕 징글징글 하다고 느끼기 십상인데.

옆에서 안쓰러워하시는 엄마가 한마디 하신다.

"왜 여기까지 보내와서 널 이렇게 괴롭게 하냐."

괴롭고 힘들고 속이 탈 것 같지만 단 한 가지 분명하게 알아지는 것은 이 시간이 너무나 필요하다는 것이다. 훈이에게 나에게 또 같이 사는 가족 모두에게. 멋대로 사는 훈이, 그래도 자기는 한국 교회에 나가고 있다고 말하는 훈이에게 나는 자주 이렇게 말해주었다.

"언제일지 모르지만 주님은 첫 수확을 하러 오실 것이다.

그것을 휴거라고 하는데 우리 집에 와서 우리들이 없으면 주님이 데려가신 줄 알고 즉시 주님에게로 마음을 돌려라. 절대로 666 표시는 받지 말고 그냥 목이 잘려야 한다." 계시록을 보여주었다.

"엄마 나 겁주지 마." 훈이는 그렇게만 말했다.

그러나 나는 정말로 훈이를 준비시키고 있었다. 멋대로 산다고 표현했지만 마약이나 여자, 술, 도박 같은 것으로 깊이 빠져 들어가지 않게 지켜주신 것은 주님이시다.

그 애 옆에 계시겠다는 그 약속을 끝까지 성실하게 지키시는 주님!

너무나 놀라운 사건이 일어났다. 이렇게 속히 훈이를 바꿔 주실 줄은 몰랐다.

조카 재환, 둘째 언니의 큰 딸 솔, 한국 유형제님의 둘째 딸 미나 그리고 모임의 젊은 형제들이 젊은이들의 수련회를 놓고 많은 기도를 해왔었다. 모임에서 젊은이들이 주관이 되어 진행된 수련회는 지금까지 없었다. 구체적인 날짜가 2006년 12월 29~31일까지로 잡혀졌다. 사촌들이(재환,솔) 수련회에 꼭 와야 한다고 당부하자 연실 대답한 훈이가 정작 수련회가 시작되자 나타나지를 않았다.

2006년 12월 31일 드디어 훈이가 나타났다. 우리는 아무런 기대도 하지 않았다. 그러나 그 마지막 날 훈이는 형제자매들 안에서 일하시는 성령님을 보았단다. 아마 생전 처음 육신 감정 이외의 영을 접한 것이리라.

2007년 1월 1일부터 오늘까지 훈이는 조금씩조금씩 주님을 배워가고 있다. 과거의 잘못으로 인한 죄로부터 오는 여파를 괴로워하며, 후회하며 한발 한발 주님을 향해가고 있다.

이제 훈이는 23살, 16세에 미국에 와서 벌써 7년.

"엄마 너무 고마워. 엄마가 이곳에서 자리 잡는 바람에 내가 이 모임 속에서 이렇게 같이 살 수 있게 되었으니 말이야. 형제자매들과 깊게 교제할 수 있게 된 것이 너무나 고마워."

"나도 주님을 더 많이 알고 싶고 오직 주님만 따르고 싶은데 내 마음대로 잘 안 돼."

"엄마 눈에 내가 조금이라도 이상하게 느껴지면 자꾸 말해 줘. 더 배우고 싶어."

"주님의 사랑이 얼마나 큰지 아주 조금 알 것 같아."

"내 육신이 정말 너무나 강해. 나를 이렇게 변화시키시고 계신 게 바로 기적이지."

낮에는 일하고 밤에는 학교에 가고, 새롭게 주님의 사랑과 자비에 사로잡힌 훈이. 지금 훈이는 밖에서 살던 생활을 모두 청산하고 모임의 형제들 3명과 함께 형제들 집에 살고 있다. 우리 동네 안에는 독신 형제들이 함께 사는 '형제 집' 이 있고 독신 자매들이 사는 '자매 집'

이 있다.

아! 주님 정말로 당신은 기적의 하나님 이십니다.
바다를 가르시고 당나귀의 입을 여시고 강퍅한 인간의 마음을 녹이시
는, 부디 당신만을 의지하며 훈이가 더 이상 방황하지 않도록 지켜 주
십시오.
전지전능하신 주님!
이 세상의 모든 것이 당신 것입니다.
우리들의 시간과 돈과 집과 아이들과 이 모든 것이 당신 것입니다.
당신의 뜻대로 이 하루를 살게 하십시오.
저희들의 마음을 당신이 강하게 매일 매일 주장하십시오.

홈스쿨

멤피스 모임에 와서 홈스쿨을 처음으로 알았다. 한국에도 일본에도 홈스쿨이 없었다. 집에서 엄마가 아이들과 함께 학교 공부를 한다는 것이 이상스러웠다.

홈스쿨 하는 집에 가보니 시간관념도 없이 산만한 것이 영 제대로 공부한다는 느낌이 없었다. 역시 아이들은 학교에 보내서 확실하게 공부를 시켜야지 라는 게 내 강한 생각이었다.

그러나 남편은 "한번 해 보면 어때" 라고 물었다. "아니야, 나는 영어도 부족하고 공부를 하려면 역시 학교를 가야 될 것 같아" 라고 대답했다. 내가 아무리 고등학교 교사자격증이 있다고 해도 영어는 도저히 자신이 없었다.

사라죠이를 근처의 초등학교에 입학시켰다. 사라죠이는 2학년이었다. 늦가을의 토요일 오후였다. 중앙도서관에 가서 책을 빌려오자는 사라죠이의 제안에 아벨참까지 셋이서 도서관에 갔다. 아이들은 정신 없이 이 책 저 책 빼어보며 돌아다니고 있었다. 뭔가 아이들에게 이로운 것이 없을까? 나도 아무 의미 없이 책을 빼서 제목들을 읽기 시작했다. 아이들 책들 속에 어른들이 읽는 책이 들어 있었나 보다.

"왜 홈스쿨을 하는 걸까?"라는 제목의 책이 불쑥 나왔다.

도서관의 책장 사이에 그대로 주저앉아 읽기 시작했다. 아이들을 왜 학교에 보내는가? 몇 줄 읽지 않았는데 마음속에 질문들이 들어왔다.

"왜 아이들을 학교에 보내는 거지?"

"그거야 세상을 살아나가려면 읽을 줄도 알고 쓸 줄도 알아야 하니까."

이번에는 주님이 물으셨다.

"너는 아이들에게 무엇을 가장 원하느냐?"

"제 마음속에는 물론 공부를 잘해서 좋은 대학에 장학금 받고 갔으면 하는 마음이 있고요. 지혜로운, 사회가 필요로 하는 사람이 되었으면 하는 마음도 있고요. 그러나 제가 가장 바라는 것은 두 말할 필요도 없이 주님, 당신을 아이들이 마음 깊이 깨달아서 매일 매일 당신과의 사랑의 대화를 가질 수 있는 당신의 제자의 삶을 살 수 있다면 그 이상의 바람이 없습니다."

그러자 주님이 다시 말씀하셨다.

"그런데 학교에서 학교 선생님들이 나를 가르치지 않는단다."

"너는 나를 알지 않니?"

"너는 너의 아이들에게 나를 가르칠 수 있지 않니?"

책을 덮고 망연히 앉아 있었다. 그날 저녁 남편에게 도서관에서의 주님과의 대화를 이야기했다.

"그것 봐. 전부터 내가 말했잖아. 2학년을 마치면 홈스쿨을 하자. 주님이 원하심이 분명하니까."

사라죠이가 3학년 아벨참이 1학년 이렇게 우리는 홈스쿨을 시작했다. 벽에다 이렇게 써 붙여놓고. "공부를 가르치고 배우는 것보다 오늘 이 하루 주님을 나누고 누리는 것이 더 소중하다."

지금 딸은 중학교 3학년, 아들은 중학교 1학년, 진정 지금까지 그 모든 것이 은혜의 7년간의 홈스쿨이었다고 말할 수 있다.

사라죠이를 학교를 그만두게 하고 한 달은 아주 힘들었다. 친구들이 그립고 선생님이 보고 싶다고 울고 학교가 가고 싶다고 울고. 매일매일 둘이서 같이 기도했다. 거의 삼사일은 죄의 고백이 이어졌다.

학교에서 이런 거짓말을 했었다. 이 물건을 빌리고 지금도 가지고 있다. 빌린 물건이 있었는데 잊어버렸다. 동네 백화점에 가서 비슷한 물건을 사서 학교에 찾아가서 그 친구에게 돌려주게 했다.

순진하게 밝게 자라주는 아이들, 이 모든 것이 주님 당신의 은혜입니다. 지금 이 책을 쓰는 이 순간에도 옆에서 사라죠이와 아벨참은 인수분해를 풀고 있다.

자주 아이들에 대한 욕심(다른 아이들보다 뛰어나야 한다는)들이 튀어나올 때마다 첫사랑으로 돌아가듯이 중앙도서관에서의 주님과의 대화를 떠올리며 아이들을 주님께 올려드린다.

아이들이 주님만 안다면 그 이상 바랄 것이 무엇이 있겠는가.

우리 온 가족이 입을 모아 주님을 찬양하게 하십시오.
당신이 우리 부부의 주인이듯이 아이들의 마음 깊은 곳에서 당신이 바로 그들의 주인임을 깨닫게 하십시오.

영어로 인한 이산가족 - 영적인 이산가족

한국에서 몇 번이나 아이에게 영어를 가르치고 싶어 하는 열성파 부모들로부터 아이들을 맡아주면 매달 얼마씩 내겠다는 제안을 받은 적이 있다. 차라리 직장보다 그것이 낫지 않나 생각하며 남편에게 물었다. 그 아이에게 주님도 전할 수 있을 테고.

남편은 일언지하에 절대 안 된다고 했다.

"주님이 다 이유가 있어서 가정을 갖게 하시고 그 가정에 그 아이를 주셨는데 어떻게 우리가 부모 역할을 할 수 있겠어. 대학 갈 나이까지는 그래도 부모의 사랑을 받으며 자기 가정 속에서 부모도 아이도 서로 배워야 된다고 생각해."

자주자주 주님과의 첫사랑으로 돌아가야 하듯이 왜 우리에게 아이들을 주셨는지를 생각해야 할 것 같다. 아이들을 통해서 하나님 아버지의 마음을 알아가고 아이들도 하나님의 사랑을 배우고, 우리들에게 가정을 갖게 하셔서 '피는 물보다 진하다'는 한국말의 속담처럼 가족이 소중하기에 당신의 피 값으로 산 형제자매들이 얼마나 소중한지를 배운다.

이 땅의 그리스도인들이, 당신의 피로 인해 얻어진 가족들이, 당신의 사랑의 실체 속에서 살 수 있도록 가르치십시오. 이론이나 형식이 아니라 한 가족으로 한 집에서 서로 나누며 사랑 속에서 살게 하십시오.

지난주에 장님으로서는 처음으로 에베레스트에 올라간 사람의 다큐멘터리를 보았다. 서로서로 밧줄로 몸이 연결되어 있었다. 그것을 보면서 그리스도인들의 삶을 떠올렸다.

바로 우리도 험악한 산을 오르는 것처럼 서로서로가 성령 안에서 매여져 있는 것을, 눈으로 못 보아서 그렇지 실제의 '오늘'은 우리 그리스도인들에게 얼마나 위험한 상태인가.

하지만 얼마나 많은 때에 우리는 자신만 생각하지 않는가. 흡사 고아인 양, 형이 있고 누나가 있고 커다란 집에 우리가 함께 살고 있건만, 영적 가족을 우리는 얼마나 누리고 있는가.

주여!
부디 당신의 자비로 저희가 한 집에 사는 형제자매들이 정말 긴밀하게 얽혀져 있음을 매일 매일의 생활 속에서 느끼게 하십시오.

롯을 읽으면서

아브라함의 조카 롯을 생각했다.

몇 번이나 아브라함에게서 도움을 받던 롯. 왜 그 롯은 아브라함을 향한 하나님의 축복을 못 보았을까? 주님이 아브라함을 축복하시는 것을 정말로 롯은 몰랐단 말인가? 종들의 마찰로 인해 갈라지자고 했을 때 왜 롯은 떠날 수 없다고 매달리지 않았을까? 왜 롯은 소돔과 고모라를 택했을까?

수도 없는 의문이 생겼다. 그래도 롯은 천사들이 왔을 때 자기의 소중한 두 딸을 내준다며 천사들을 보호하려 하지 않았던가. 슬프게도 롯은 두 딸들과의 사이에서 이스라엘의 영원한 대적 '암몬'과 '모압' 족을 만들어 낸다.

롯은 아브라함과 같이 있었는데 종말은 너무나도 비참하다. 부인은 소금 기둥이 되어버리고. 한 사람의 선택으로 인해 온 가족이 처참해지는 것이다.

눈에 보이는 기름진 땅이 무엇을 의미하는 걸까?

주님께 물었을 때 주님은 이렇게만 말씀하셨다.

"너도 롯처럼 될 수 있노라고."

오늘 너의 앞에는 아브람(아브라함)옆에 붙어서 종(육신)들이 싸워도 같이 있겠다며 살아남을 수 있는 길을 열어 달라고 울부짖으며 매달리는 길과 눈에 보이는 기름진 땅으로 혼자(혹은 너희 한 가족) 신사답게 깨끗하게 선택해서 나아 갈 수 있는 길, 두 길이 있노라고. 지금의 선택으로 인해 사랑하는 형제자매들의 영원한 원수(암몬, 모압족)들을 만들어 낼 수 있다는.

롯이 끝 결과를 알았다면 결단코 기름진 땅으로 들어가지 않았을 것이다. 아브람에게 매달리며 같이 있어야 한다고 애원했으리라. 지혜가 없어도 지혜가 있는 자와 같이 있으면 지혜가 있는 것처럼 여김을 받는다고 말씀하셨다.

주님!
부디 이 육신의 원함대로 하지 마시고 당신이 원하시는 대로 저희들의 발걸음을 인도하시기를 간절히 기도합니다.
우리 한 사람 한 사람 각자를 놓으신 그 자리에서 당신이 원하시는 대로 당신의 집을 당신이 지어가시기를 간절히 원합니다.
산돌들이 마음대로 걸어 다니지 말게 하십시오.
보이지 않는 믿음으로 사는 법을 가르치십시오.

아벨참의 똥 기저귀 이야기

사라죠이는 2살 전에 시애틀에서 벌써 똥, 오줌을 가렸다. 아벨참은 3살이 다 되가는데도 여전히 기저귀를 사용하고 있었다. 일회용기저귀가 비싸서 헝겊 기저귀를 쓰고 있었다. 똥을 쌀 것 같은 시간에는 일회용 기저귀로 갈아 채우곤 했다. 엄마가 아이디어를 내셨다.

"똥을 문대고 있으면 자기가 불편해서 '응아' 하고 말할 테니 일회용 기저귀를 쓰지 말고 두꺼운 팬츠를 입히자"고 하셨다. 무슨 방법을 써서라도 '응아' 라고 말해준다면 하는 마음으로 터들러(기저귀를 막 뗀 아이들)들이 쓰는 두꺼운 팬츠를 입혔다.

그러나 아벨참이는 전혀 관계없이 똥을 쌌다. 꼭 숨어서 '응아' 를 했다. 슬며시 없어지면 '응아' 하러 간 것이다.

번번이 똥이 들어있는 팬츠를 빠는 나를 보고 남편이 말했다.

"기저귀 아끼지 말고 그냥 써."

나도 그 날은 팬츠를 빨면서 '내가 무슨 짓을 하고 있는 건가? 내일부터 일회용 기저귀를 써야지' 생각하며 손에 잔뜩 묻은 똥을 닦으려는 그 순간 주님이 말씀하셨다.

"똥이 묻은 네 손이 너무나 더러운데 너는 잘라 버릴 거냐?"

깜짝 놀랐다. 잘라버리다니.

"균을 죽이는 비누로 손을 닦으면 다시 깨끗해지는걸요?"

"너도 네 몸을 닦을 줄 아는데 내가 내 몸을 못 닦을 줄 아느냐?"

"더러운 형제를 볼 때 깨끗하지 못한 자매를 볼 때 너는 쉽게 잘라버리기를 원하지 않니?"

"너 같은 인간도 자기 몸을 아끼는데 하물며 나는 어떨 것 같으냐?"

"내가 너 같은 줄 아느냐?"

내 시야가 얼마나 좁은지 얼마나 협소하고 작은 자인지 주님은 계속 지적하셨다.

나와 같지 않다고, 생각이 다르다고, 하는 행동이 마음에 안 든다고, 너무 육신적이라고, 얼토당토 않는 말이나 상황에 맞지 않는 다른 사람의 의견이나 생각을 그대로 들어주라 하셨다.

너는 고칠 수 없다고 하셨다. 부름을 받은 대로 너는 나에게 충실하라고 하셨다.

내 생각과 감정과 의지를 당신께 온전히 맡기기를 간절히 원합니다.

내 형제의 더러운 육신을 함께 지는 방법을 가르치십시오.

내 자매의 깨끗지 못한 육신을 같이 아파하며 나아가는 방법을 가르치십시오.

오직 당신으로 인해 빚어져 가기를 간절히 기도합니다.

엄마의 입원

엄마는 옛날 사람이라 함께 이야기해도 재미없고 아이들과도 잘 놀아주지도 못한다. 아이들이 어릴 적에는 그저 유모차를 밀어주고 기저귀를 갈아주면 되지만 클수록 아이들은 자기들의 이야기 상대가 되어주기를 원한다.

우리 엄마는 아이들을 엄청 사랑하신다. 언제고 당신 몫을 서슴없이 내 주신다. 그러나 아이들은 그런 할머니의 사랑을 알기까지 시간이 걸렸다. 언어 때문에 대화가 되지 않는 노인네여서 그 속에 흐르는 사랑을 마음으로 알기까지 말이다.

외할머니이고 같은 집에서 매일 매일 보며 살고 있으니까 아이들이 알 수 있었던 것이지 같은 집에 살지 않았다면 형식적인 관계가 됐을 것이다. 피로 연결되어 있고 한 집에 살고 있다는 것은 엄청난 의미가 있다.

사라죠이가 14살, 아벨참이 12살, 이제는 할머니 이야기를 하면 마음으로 알아듣고 어떤 때는 같이 울기도 한다. 이틀 전에는 할머니가 돌아가시기 전까지 후회가 남지 않게 그 어떤 때라도 우리들이 사랑으

로 할머니를 대할 수 있게 도와주세요! 하고 셋이서 기도했다

엄마의 무한한 어떤 때는 안타깝기도 한 사랑을 보면서 나의 육신을 본다.(말로는 표현하지 못하는 육신 덩어리.)

엄마의 사랑에 사랑으로 답해야 하건만 어떤 때는 속에서 짜증이 올라오기 때문이다. 고집이 세신 엄마와 나는 엄마가 원하시는 대로 하시는 것 때문에 많이 부딪쳤다.

뒷마당에 농사를 지으시느라 여름만 되면 너무 지치셔서 네 발로 이층을 기어 올라가신다. 기어 올라가시는 엄마의 뒷모습을 보면 가슴이 아프고 바깥일을 하시니 부엌의 설거지는 하시지 말라 해도 마당일 끝내고 들어 오시자마자 부엌에서 또 설거지를 하신다. 딸집에서 밥값을 하시려고 하시는 것처럼 보여서 화가 나기도 한다. 딸의 엄마는 공밥 드시면 왜 안 되느냐고.

그러나 내가 어떻게 해도 어떤 표현을 해도 엄마는 바뀌시지 않는다. 엄마의 이 모습 이대로 사랑하게 해달라고 기도한다.

엄마와 벌써 15년. 엄마로 인해 주님께 배운 것이 몇 개 있다.

훈이로 인해 이사 온 집 마당에 나무들이 너절하게 보기가 흉했다. 조경 업을 하는 사람도 파내기 어렵다고 한 나무들을 엄마는 끝내 파냈다. 그것도 4개씩이나. 나무를 뽑아낸 자리가 아주 크게 남았다.

엄마가 그 빈자리에 옥수수를 심으셨다. 옥수수를 많이 심어서 수확이 많았다. 그러나 그 커다란 빈자리에 심었던 옥수수들은 다른 옥수수들과 전혀 다르게 아주 크고 맛이 있었다. 유난히 커다란 옥수수를 보며 엄마와 둘이 말했다.

"엄마 우리의 마음도 이렇게 나무 뽑아낸 자리처럼 크게 비어져 있

다면 우리도 주님께 크고 맛있는 열매를 맺어 드릴 텐데."

"농부이신 주님이 우리를 그렇게 만드시고 계시겠지."

하루는 엄마가 화장실에 못 가신다고 말씀하셨다. 병원에 가야 할 것 같아? 하고 묻는 내게 내일까지 기다려 보자 하셔서 나는 얼마나 심각한지 몰랐다.(일주일이나 변을 못 봤다고 말씀하셔야 했건만.)

그 다음날은 토요일이었다. 아침에 엄마가 아무래도 병원에 가야겠다고 하셨다. 두 말 없이 병원에 갔다. 한참 기다렸다 만난 의사는 큰 병원으로 가라고 했다. 큰 종합병원 응급실로 갔다. 의사는 바로 입원을 해야 한다고 했다. 변을 너무 못 봐서 그 딱딱해진 변이 장을 채워 올라오고 있다는 것이다. 장에 굳어져 있는 변들을 부드럽게 해서 급히 빼내야 한다는 것이다. 일주일간 먹고는 있었지만 나오지는 못한 것이다.

엄마의 코에 호스를 꼈다. 먹은 약으로 인해 액체로 만들어진 변들이 코 속의 호스를 통해서 나오기 시작했다.

나는 이 세상의 모든 일이 우연이 아니라고 생각한다. 주변에서 일어나는 모든 일들을 통해서 주님이 가르치신다고 생각한다.

코 속의 호스로 누런 액체가 조금씩 흘러 올라오고 있었다. 괴로우신 표정으로 누워 계신 엄마를 보며 생각했다. 육신은 이렇게 탈이 나면 금방 보이지만 영의 변비란 있는 걸까?

의사 말에 의하면 이대로 두면 생명이 위험하다고 했다. 장의 변이 끝까지 차올라오면 어떻게 하겠는가. 영적으로 영양을 공급받아 살고 있는 우리에게도 주님 안에서 나와야 할 것들이 나오지 않는다면 우리의 영적 생명에 위험이 온다는 것일까?

의사이신 주님이 주변의 형제자매들을 쓰셔서 변을 액체가 되게 만드시고 또 호스(어떤 형제나 자매)를 넣으시고. 우리의 주님이 그렇게 하시고 계신 것은 아닐까?

너무나 참을성이 많아서 엄마는 오히려 병을 키우신 결과가 되어버렸다. 우리 중에 육신의 참을성으로 인해 오히려 주님으로부터 멀어지는 경우는 없는가?(육신으로 참고참고 참다가 모임을 나가 버리거나, 또는 그만두어버리거나.)

육신의 괴로움을 처음부터 털어놨다면 문제는 훨씬 수월했을 텐데.

내가 아프다고, 내가 변을 못보고 있다고, 이해가 안 간다고, 저 자매를 도저히 사랑할 수 없다고, 당신의 그 말 때문에 너무나 큰 상처를 받았다고….

주님!
도움을 주는 형제보다 도움을 청하는 형제에게 더 자비가 필요함을 고백합니다.
당신의 자비로 도움을 청할 수 있게 해 주십시오.

83세의 엄마는 지금도 우리 가족의 일원으로 함께 살고 계신다. 내 어릴 적의 아픈 기억들을 함께 나누며 같이 울고 같이 기도하고. 엄마는 나의 동역자요 나의 소중한 자매이다.

아나 자매

아나 자매와 요즘은 자주 못 만나고 있다. 그러나 아나 자매는 매일 만나든 안 만나든 언제고 쉽게 마음을 나눌 수 있는 자매이다. 늘 웃고 있어서 어려움이 없을 것만 같은 자매이다.

그러나 아나 자매의 이야기를 들었을 때 나는 큰 감동을 받았다.

한번은 집으로 전화가 왔다. 아이들을 맡기고 싶다고. 그러나 나는 우리 아이들 바이올린 레슨 때문에 곧 나가야 할 시간이었다.

"괜찮아. 다른 자매 집에 걸면 되니까. 다음번에 또 걸게."라고 아주 밝은 목소리로 전화를 끊는 아나 자매가 다른 때의 자매같이 여겨지지 않았다.

아나 자매의 남편은 밥을 텔레비전 앞에서 먹는 습관이 있었다. 그러나 아나 자매는 저녁만이라도 온 식구가 식탁에 둘러앉아 먹어야 한다는 생각이 있었다. 애원도 해보고 강요도 해 봤지만 아나 자매의 남편은 텔레비전 앞에서 먹었다. 몇 년 실랑이 끝에 아나 자매는 신뢰하는 자매에게 사정을 이야기했다.

"이러면 어떨까. 식탁을 텔레비전을 볼 수 있는 곳으로 옮기는 거야.

그러면 남편은 텔레비전을 볼 수 있고 가족들은 식탁에 함께 둘러앉을 수 있고.”

이 자매의 제안을 아나 자매에게 들었을 때 나는 웃었다.

그러나 그 후 나는 오래 동안 그것에 대해 생각해 보았다. 텔레비전을 보는 것이 나쁘다고 손가락질하는 것도 아니고 저녁 식탁에 모여 앉는 것이 당연하다고 아나 자매를 거들어 주는 것도 아닌 그 가정에 맞는 그 상황 속에서 살아남을 수 있게 조언한 자매의 지혜와 그 지혜를 받아들이는 아나 자매의 낮아진 마음이 만져졌다.

너무나 자주 흑이면 흑, 백이면 백, 우리는 판가름하고 싶어 하지 않는가.

주님이 아니면 흑도 백도 똑같이 아닌데.

주님!
누군가를(특히 남편이나 아내를) 쉽게 정죄할 수 있는 상황 속에서 저희들을 보호해 주십시오.

방금 전에 오랜만에 아나 자매와 시간을 가졌다. 아나 자매가 내 손을 잡더니 내 손바닥을 펴서 자기가 가지고 있던 컵을 내 손바닥 가운데에 놓으며 이렇게 말했다.

“주님은 너무나도 큰 분이시지. 내 마음이 이 컵이라면 내 마음을 그분 손 안에 이렇게 내려놓았더니 주님이 남편을 변화시키시고 계셔.”

매일이라고 할 수는 없지만 실랑이 한지 5년이 지난 지금은 아나 자매가 별 말하지 않아도 남편이 식탁에 와서 저녁을 같이 먹는다고 했다.

"주님께 말씀드리는 것 외에 더 좋은 길은 없어."

주님!

당신이 승리하셨습니다!

이 형제 안에서 이 자매 안에서 승리하신 주님을 찬양합니다.

주님 계속해서 오늘 하루만 또 이기게 하십시오.

주님의 발밑에 앉는 것이란

자주 부르는 노래 중에 '주님의 발밑에서' 라는 노래가 있다. 주님의 발밑이 우리가 올라갈 수 있는 가장 높은 곳이란다.

그렇지. 우리가 주님의 머리 위로 올라갈 수는 없을 테니까. 그럼 이 땅에서 주님은 안 보이시는데 주님의 발밑은 어디란 말인가. 생각해 보았다.

늘 마음속에 이 노래가 나의 의문과 함께 있었다. 그런데 정작 주님이 실제의 상황 속에서 나의 의문을 풀어주셨다.

우리 가족은 가족들을 위한 주님과의 헌신 시간을 꾸준히 갖지를 못하고 있었다. 나는 그것이 불만이었다. 몇 번이나 정기적으로 가족 헌신 시간을 갖자고 애원하다가 내 힘으로는 남편을 바꿀 수 없을 뿐만 아니라 오히려 내 마음에 상처가 남는 것을 본 이후로는 가끔씩 기도할 수밖에 없었다.(그것도 매일 매일이 아님.)

갑자기 어느 날 남편이 말했다.

"오늘 저녁 7시부터 가족 모두 성경 한 장을 읽고 함께 기도를 할 테니 다들 7시에 거실로 모여."

나는 목욕하고 계신 엄마를 성화해서 7시에 내려오시게 하고 아이들을 모아서 앉으라하고 정각 7시에 우리들은 다 모여 앉아있었건만 정작 남편은 어디론가 없어졌다. 틀림없이 집에 있었는데. 온 집을 다 뒤져도 남편은 없고 핸드폰만 집에 있었다. 10분, 20분, 30분, 거실에서 우리들은 남편을 기다리고 있었다. 40분이 지나고 나서부터 나는 치밀어 올라오는 화를 참을 수가 없었다.

7시 45분경에 남편이 들어 왔다. 아주 태연한 얼굴로 아무 말 없이. 미안해하지 않는 태연한 얼굴을 보는 순간 화난 목소리가 나왔다.

"어딜 갔다 왔어요? 우린 7시부터 이러고 앉아있는데."

남편은 나를 힐끗 보기만 하고 대답이 없다. 나는 벌떡 일어나서 "방으로 와 봐요. 이야기 좀 해요." 하고 말하며 방으로 들어갔다. 아이들 앞에서 싫은 소리를 낼 수는 없지 않은가. 방에서도 남편은 아무 말이 없었다.

"도대체 어디를 갔다 온 거예요? 전화도 못해요? 왜 7시라고 해놓고 왜 안 지키는 거예요?" 나는 계속 물었다. 그런 나를 바라볼 뿐 대답을 안 해주는 남편이 너무나 이해가 안 갔다. 왜 사정을 설명하고 미안하다고 안하는가?

내가 너무 기가 막혀서 입을 다물어 버리자 남편이 그때서야 말했다. "래리 형제(우리 뒷골목에 사는 형제임)집에 갖다 줄 것이 있어서 잠깐 들렀었는데 형제와 너무나 좋은 교제가 시작되어 그냥 앉아서 함께 교제하다 왔어. 죄인을 심문하듯 다그치는 너의 태도에 나는 아무런 말을 할 필요가 없다고 느꼈어. 이유를 막론하고 아내가 남편에게 방으로 오라 가라 할 수 있는 거야?"

한편으로는 남편의 말이 이해가 가면서도 억울하다는 생각이 들었다. 들어오면서 먼저 "어, 미안, 미안." 하고 한마디 해주면 될 것을. 나는 그 순간 더 깊게 내 감정을 내려놓게 해달라고 기도했다. 내 입을 막으시라고.

남편이 절대로 먼저 미안하다고 안 할 것을 거의 19년 가까이 함께 살아 온 나는 알고는 있었다. 그러면서도 '이건 진짜 당신이 잘못한 거잖아' 라고 말하고 싶으니. 눈에 비추어지는 대로 느껴지는 '선악'을 따라 반응하며 살려는 나.

침대 모퉁이에 앉아서 기도하고 있는 나, 컴퓨터 앞에 앉아서 무엇인가를 하고 있는 남편, 침묵만이 흘러가고 있었다.

"네가 아무리 옳아도 네 목이 너무 곧아서 아름답지 않구나."

주님이 말씀하셨다.

내 목이 곧다니.

화가 나서 남편에게 방에서 이야기하자고 했던 내 태도를 떠올리시며 주님은 누가 옳고 그른가를 보는 게 아니라고 하셨다. 잘했어도 주님께 나와야 하고 못했어도 주님께 나와야 한다고 하셨다.

주님께 나와서 잠잠히 있는 것이 '내 발밑에 있는 것' 이라고 하셨다.

또 내 감정에 사로잡혀서 행동했던 나. 남편에게 용서해 달라고 말했다. 조그만 틈만 있으면 이 육신은 어느새 재판장의 자리에 비집고 앉아 있다. 그때서야 남편은 부드럽게 나도 미안했다고 말해주었다.

주님의 음성을 들려주셔서 감사합니다.
계속 당신의 음성을 듣게 하십시오.

저희가 순종할 수 있게 만들어 주십시오.
당신은 토기장이이시고 저희는 흙이니까요.

남편의 교통사고

남편은 4시간 거리의 도시로 출장이 있었다. 남편은 출장 때마다 "같이 갈래?"라고 물어 주었다. 그러나 홈스쿨을 하는 나로서는 쉽게 따라나서지를 못한다.

이번에는 혼자 다녀오세요! 라고 말하고 남편을 떠나보낸 지 4시간쯤 돼서 남편에게서 전화가 왔다. 교통사고를 냈다고. 운전에 능할 뿐 아니라 조심성도 많은 남편이 사고를 냈다니.(함께 살아온 19년 동안의 첫 사고였다.)

남편은 아무도 다치지는 않았지만 차는 폐차시켜야 할 것 같다고 했다. 나는 아무도 다치지 않은 게 너무나 감사하지라고 말하고 곧 왜 사고가 났는데 라고 물었다. 남편이 설명해주는데 그냥 예사 일로 여겨지지가 않았다. 주님이 우리 가족에게 말씀하시는 것 같았다.

세미나가 있는 호텔을 찾아서 운전을 하던 남편은 찾던 호텔을 발견한 순간 신호가 빨강으로 바뀌어서 서버린 앞차와 충돌해 버렸다는 것이다. 세미나 시작 시간에 맞춰 도착은 제대로 했지만 사고로 인해 경찰들의 조사가 끝날 때까지 호텔에 못 들어가고 벌써 오전 세미나는 끝난 상태였단다.

그렇게 시간 맞추어서 가려고 '늦지 않으려고' 새벽부터 출발해서 열심히 4시간 운전하고 갔건만 호텔 정문 앞에서 사고가 난 것이다. 마지막의 실수로 인해 멀리서부터 새벽부터 열심히 달려간 의미가 없어져 버렸다.

주님은 우리에게 그 4시간은 40년 일수도 있고 4년 일수도 있고, 우리가 아무리 열심히 주님을 따르고 주님을 위해 산다 해도 마지막까지 깨어 있지 않으면 우리는 들어가야 할 순간에 들어가지 못하고 바라만 보는 자로 끝날 수도 있다 하셨다.

과거에 어떠했든 주님!
우리로 하여금 지금 이 순간을 살게 하십시오.
당신께 받은 과거의 선물(당신께서 당신을 알리시기 위해 주신 모든 것들)을 당신께 내려놓게 하시고 오늘 다시 당신께만 초점을 맞추며 살게 하십시오. 이 경주를 마치는 그 날까지 저희를 인도해 주십시오.

카인과 아벨

창세기를 읽으면서 처음에는 카인의 제물을 받지 않으신 하나님이 야속했다. 카인의 제물을 받아주셨다면 아벨을 죽이는 일은 없지 않았을까.

그러나 우리가 읽을 수는 없지만 아담이 카인과 아벨에게 가르친 것이 있었을 것이다. 절대로 가르치지 않고 하라고 하실 하나님이 아니시다. 흠이 없는 어린 양을(피가 드려져야 한다는) 바쳐야 한다고. 구구절절 설명은 없지만 고집스런 카인의 모습을 볼 수 있다. 부모가 어떻게 가르쳐도 내 방법대로 하겠다는.

왜 아벨에게 도움을 청해서 아벨이 돌보는 양을 받아야 해. 내가 피땀 흘려 일한 좋은 것들로, 나 혼자의 힘으로, 드리는 게 훨씬 의미가 있을 걸.

아버지가 말씀하셨어도 내가 이렇게 열심히 해서 드리면 하나님도 틀림없이 기뻐하실 걸.

하나님이 카인의 제물을 받지 않으셨을 때 카인이 얼마나 실망했는지는 아벨을 죽인 것을 봐도 알 수 있다. 제물의 문제가 아니라 자기가 옳다고 생각했던 자기의 존재를 부인 당했다고 느꼈으리라.

우리는 카인과 같은 경험을 한 적은 없을까? 같은 모임에 사는 어떤 형제가 혹은 자매가 나보다 주님과 더 긴밀하게 대화가 있는 것 같은데 도무지 내게는 무뚝뚝하신 것 같은 주님.

그 자매나 형제를 나는 질투하고 있지는 않는가. 그러나 그래도 은 혜로운 것은 그런 질투에 불타오르고 있는 카인에게 아벨을 죽이기 전에(죄를 짓기 전에) 주님께서 일러주시는 말씀이 있었다는 것이다.

(창세기 4:6-7)new king James 버전을 의역했음.

주님께서 카인에게 말씀하셨다.

"너는 왜 화를 내고 있느냐? 왜 풀이 죽어 있는 거냐?

너는 일러준 대로 잘했다면(한국어성경: "선", 영어성경: 잘했다면 "well") 내가 당연히 너의 제물을 받았으리라. 너희가 잘하지 않으면 언제나 죄가 문 앞에서 너희를 기다린단다. 그러니 이제 이 문 바로 앞에서 죄가 너를 삼키기 위해 기다리고 있는데 너는 그 죄가 너를 주장하지 못하게 네가 다스려야한다."

얼마나 자비로우신 주님인가. 슬프게도 카인은 주님이 친절하게 알려주신 '죄' 를 다스리기는커녕 죄의 노예가 되어 버렸다.

우리도 너무 자주 죄의 노예가 되지 않는가.

주님의 음성을 들어야 한다. 죄를 짓기 전에 반드시 주님은 우리에게 말씀하신다. 그 죄를 다스리라고 그 죄의 노예가 되지 말라고.

주님!
우리로 하여금 온전히 당신의 음성을 듣게 하시고 당신에게 내 의를

내려놓게 하십시오.

내 육신의 의로움으로 인해 당신의 영광을 가리는 일이 없도록 주님!

자비를 베풀어 주십시오. 내가 화를 낼지언정 그 화로 인해 형제자매들을 해치지 않게 주님 저를 끝까지 잡아 주십시오. 당신은 너무나도 자비로우신 분이십니다.

첫 아담 그리고 마지막 아담 예수
(나를 거듭나게 하신 주님)

우리 모두는 아담의 후손이다. 원하든 원하지 않든 우리는 아담의 성품을 가졌다.

선악과를 먹기 전까지 벌거벗은 것도 창피한 것도 모르던 아담과 이브였다. 창세기 2:25 남자와 그의 부인이 벗었으나 부끄러움을 느끼지 못했다.

선악과를 먹음으로 인해 그들은 벗은 줄을 알았고 창피해서 숨어 버렸다. 창세기 3:7-10 그 실과를 먹자 두 사람의 눈이 떠져 자신들이 벗었다는 것을 깨달았다. 그래서 무화과 잎사귀를 꿰매서 자신들을 가렸다. 그 때 남자와 그의 부인이 서늘한 날씨 속에서 동산을 거니시는 하나님의 음성을 들었다. 그들은 나무들 사이로 주 하나님을 피해 숨어버렸다.

그러나 주 하나님께서 남자를 부르셨다.

"네가 어디 있느냐?"

"내가 동산에서 주님의 음성을 듣고 벗은 것이 두려워서 숨었습니다."

이때부터 우리들은 육신을 가리면서 살게 되었다. 예수 그리스도가 마음에 들어오고 나서도 수많은 실패를 하곤 한다. 육신을 가려야할 것 같은, 주님을 따르는 사람은 흡사 모든 것을 초월한 것처럼, 죄를 지었다고 말하면 안 될 것 같은, 머리로 들어서 아는 것과 실제 나라는 사람, 이 사이에서 많은 사람들이 정직하지 못하게 살아간다. 밖에서는 좋은 형제자매일 수 있지만 함께 사는 가족들에게는 이기적인(자기가 하고 싶은 것만 하고 있는) 남편 혹은 부인, 아빠, 엄마일 수 있는 것이다.

주님 외에 우리가 보일 것이 무엇이 있단 말인가. 감각이 없어지는 문둥병이 조금이라도 있을 때는 더럽다 하지만 그 문둥병이 너무나도 심해져서 온 몸에 하얗게 퍼지면 오히려 깨끗하다 한다.(레위기 13:13)

주님 외에 내세울 것이 무엇이 있단 말인가? 죽음 이외에 우리가 살 길이 없다는 것을.

아담과 이브도 모르는 사이에 주님은 죽음을 통한 구원을 주셨건만 정작 아담과 이브 본인들은 알고 있었을까?(창세기 3:21)

주 하나님께서는 짐승의 가죽을 벗겨 아담과 그의 부인에게 입혀주셨다. 짐승이 죽지 않으면 그 가죽을 얻을 수가 없지 않는가. 레위기 17장 11절에 보면 피가 없이는 죄를 구속하지 못한다고 쓰여 있다. 그래서 이스라엘 사람들이 이집트에서 나올 때 하나의 재앙으로 모든 이집트의 처음 난 남자들을 죽일 때 이스라엘 사람들의 집 문설주에 피를 바른 것이다. 피를 바른 집안에 있는 자들은 다 살았다.

죄를 지은 자들을 위해서 반드시 피가 흘려져야 한다. 그래서 이스라엘 사람들이 죄의 용서를 위해 죄의 크기대로 계속 짐승들을 제물로 잡았다.

이미 내가 태어나기 전에 해놓으신 구원이었지만 내가 정말 몰랐듯이 지금도 너무나 많은 사람들이 거듭남을 모르고 살고 있다. 히브리서를 읽어보라. 주님의 영원 전부터의 자비가 넘치고 있지 않은가. "예수 그리스도의 몸을 단번에 드리심으로 말미암아 우리가 거룩함을 얻었노라."

저가 한 제물(예수)로 거룩하게 된 자들을 영원히 온전케 하셨느니라. 또한 성령이 우리에게 증거 하시되 주께서 가라사대 그날 후로는 저희와 세울 언약이 이것이라 하시고 내법을 저희 마음에 두고 저희 생각에 기록하리라 하신 후에 또 저희 죄와 저희 불법을 내가 다시 기억지 아니하리라 하셨으니 이것을 사하셨은즉 다시 죄를 위하여 제사 드릴 것이 없느니라. (히브리서 10:10-18)

니고데모의 다시 엄마 뱃속에 들어갔다 나와야 하냐는 순진한 질문을 떠올려본다. 창세기의 이야기들이 나의 거듭남에 결정적인 도움을 주었다. 전도자들의 메시지를 듣고 창세기를 읽으니 예사롭게 보이지 않았다.

특히 창세기 25:23, 27:12-22.

이곳에서 나는 주님을 만났다. 주님의 계획 속에 이미 구원이 있었다.

"두 민족이 너의 복중에서 나뉘리라. 큰 자가 어린 자를 섬기리라"

주님의 말씀을 듣고 쌍둥이를 임신한 엄마 리브가는 그 쌍둥이들 중에 어린 자가 축복을 받게 한다.

"아버지를 속이면 복은커녕 저주를 받으면 어떡해요."라고 말하는 어린 자(야곱)에게 엄마 리브가는 믿음을 가지고 확실하게 말한다.

"내 아들아 너의 저주는 내게로 돌릴 테니 너는 내말만 듣고 시키는 대로 해라."

짐승의 털을 가져다가 매끈한 피부의 야곱의 팔에 붙여서 에서처럼 느끼게 만든다. 나중에 아버지 이삭이 축복을 할 때 이렇게 말한다.

"음성은 꼭 야곱인데 털이 있는 것이 에서의 손이로구나."

이렇게 해서 야곱이 무사히 에서가 받아야 할 축복을 받는다. 야곱을 위해 짐승이 죽고 그 죽은 짐승의 털을 붙인 것처럼 나를 위해 예수가 죽고 나는 예수로 옷 입은 것이다. 주 하나님이 나를 보실 때 이렇게 말하실 것이다.

"음성은 영락없이 인애인데 팔을 만져보니 내 아들 예수로구나."(인애라는 이름에 당신의 이름을 넣어서 읽어보라. 마음으로 주님이 이루신, 다 해 놓으신 것을 그저 받아들이라.)

성령은 저주를 받는 일이 생긴다면 그 저주를 성령이 대신 받겠다고 안심하라 하신다. 예수님 오직 한분이 우리의 길이요, 생명이요, 피난처이다. 그러나 나도 모르는 사이에 다시 육신(옛 아담)의 것을 쓰려고 한다. 그리스도인이라도 육신(나)을 매일 순간순간 죽음에 내어드리지 않으면 우리도 모르는 사이에 이 육신은 주님의 일을 한다는 미명 아래서 커다란 괴물처럼 되어버린다.

왜 당신이 나를 선택하셨는지 저는 모릅니다.
그러나 주님 당신의 자비에 어찌할 바를 모르겠습니다.
죽어 마땅한 제가 살아났습니다.
모든 상황 속에서 당신에게만 매달리게 하십시오.

제 자신의 생각이나 감정을 즉시 내려놓게 하십시오. 내가 좋고 싫고 마음에 들고 안 들고는 모든 것이 당신의 손안에 있습니다.

나는 당신 안에 당신은 제 안에 계십니다.

주님! 당신을 더욱 사랑하게 만들어 주십시오.

저로 하여금 오직 당신만을 위한 둘러싸인 동산이 되게 하시고 닫힌 옹달샘 그리고 봉한 샘이 되게 하소서.

리사 자매의 간증

  리사 자매는 부모와 같이 중학교 1학년 때 이 멤피스에 이사 와서 이 곳에서 컸다. 그러나 정작 리사 자매의 부모님은 지금 이 모임에 안 계신다. 리사 자매가 이곳에서 만난 형제와 결혼한 다음에 부모가 이사를 가셨는데 부모를 따라가지 않았다. 리사 자매는 결혼만 하지 않았다면 필경 이 모임을 떠났겠지 라고 말하곤 했다. 부모님이 계신 시애틀에 일 년에 한번 방문하기도 한다.

  매주 월요일 새벽기도 후에 리사 자매와 나는 공원길 5킬로미터를 걷는다. 리사 자매의 남편 탐 형제는 개인 사업을 하는데 가정형편이 어려운 편이다. 아마도 리사 자매를 고생시킨다고 생각하는 리사 자매의 부모는 당연히 탐 형제를 예쁘게 볼 수가 없을 것이다. 리사 자매 부부가 부모님들과 만날 때는 어째서 인지 항상 무슨 일인가가 생겨 부모님들에게 '사위'를 원망하는 마음이 들게 된다는 것이다. 정말 이상한 일이라며 리사 자매는 고개를 흔든다.

  그냥 바라봐도 육신적으로 별 흠이 없는 예쁜 자매이다. 교사자격증도 가지고 있는 똑똑한 자매이다.

한동안 남편이 주님과의 관계가 좋지 않아서 너무 힘들었다고 했다. 특히 아버지의 교육을 받고 자라지 않은 남편은 눈에도 안 보이는 주하나님 아버지에게 순종한다는 것이 너무 어렵다고 했단다.

리사 자매 남편, 탐의 부모가 어릴 적에 이혼하신 후 탐은 엄마 밑에서 컸다. 마음대로 자주 집을 뛰쳐나가기도 하고 멋대로 자란 리사의 남편이 말했단다.

"우리 아이들은 정말 순종하는 아이들로 키우자. 그러면 나처럼 순종해 본 적이 없는데서 오는 어려움은 겪지 않아도 될 거 아냐."

나는 그 말이 너무나도 가슴에 와 닿았다. 순종하고 싶은데 순종해 본적이 없어서 너무나도 힘들다는. 물질적인 어려움과 자기 마음대로 하고자 하는 남편, 리사 자매는 주님께 매달렸단다.

화장실에 휴지가 떨어졌는데 그 휴지를 살 돈이 없었다며 지금도 눈물을 글썽이며 이야기한다. 상처는 건드리면 여전히 아프니까. 남편에게 편지도 써보고 애원도 해보고 싸워도 보고(남편의 자기 편한 대로 하는 것을 바꿔보고 싶어서) 그 모든 것이 허사였다.

오직 주님만이 길이라는 것을 안 리사는 계속 주님께 매달렸다. 내가 지금의 탐 형제를 보면 정말 은혜롭고 사랑스런 형제다. 그러나 오늘이 있기까지 리사 자매의 많은 눈물의 기도가 있었음을 나는 안다. 더욱 놀란 것은 리사 자매가 이렇게 말한 것이다.

"인애! 내가 보통 평범한 남자를 만나 보통으로 살았다면 아마 나는 나 자신이 꽤 괜찮은 사람이라 생각하며 적당히 믿음생활을 하며 적당히 잘 살았을 거야. 그러나 나는 절대로 주님을 제대로 몰랐을 거야. 나는 탐을 만나서 이렇게 사는 것이 너무나도 감사해. 내가 어떤 자인지를 너무나도 잘 알게 되었거든. 나는 아무것도 할 수 없다는 것을. 그리고 내 육신이 얼마나 강한 지를. 어쩌면 탐보다도 내가 더 강한 육신을 가지고 있는지도…. 나 또한 내가 원하는 대로 만들어보려고 계속 발버둥치는 거고 그런 나 자신을 온전히 내려놓을 때 그때 주님이 하시지. 주님께 너무나도 감사해. 그리고 이 모임에 있지 않았다면 나는 이혼했을지도 몰라. 이렇게 같이 모여 살고 있는 것이 내게는 너무 소중해. 부모님 곁에 가고 싶어도 나는 여기 형제자매들과 떨어져서는 그 어느 곳에서도 살 수가 없어. 이곳이 주님이 내게 주신 가장 좋은 곳이란 것을 알거든."

모래 하나가 들어가서 조개 속에 진주를 만든다는 이야기를 들은 적이 있다. 리사 자매의 모래가 만져졌다. 그리고 그 모래가 진주로 바뀌어가는 것이 느껴졌다.

서로서로의 사랑 속에서 보호받으며 오늘을 사는 형제자매들. 우리 모임 안에도 가정 가정마다 많은 어려움이 있다. 아름다운 육신, 의로운 육신, 쉬워 보이는 육신, 유난히 더러워 보이는 육신, 흠이 많은 육신, 고운 육신…. 우리는 다 육신을 가지고 산다. 주님을 만나는 그 날까지 우리는 어려움이 있을 것이다. 그러나 감당할 만큼만 주신다 하신 주님을 의지하며 오늘 또 주님께 한 걸음 더 나아가자.

왜 남편에게 나아가니?

리사 자매뿐만이 아니라 나도 나대로 남편과의 어려움이 있다. 성격이 이성적이고 조용한 남편은 고집이 보통이 아니다. 물론 남편은 내가 고집스럽다고 할지도 모른다. 지금은 무엇 때문에 마음이 힘들었는지 생각도 안 난다.

의견이 안 맞을 때면 우리는 방에 들어가서 대화를 나누는데 정말로 화가 나는 것은 남편이 나를 이해시키려고도 하지 않는다는 것이다. 자신의 생각을 말하고는 언제나 입을 다물어 버린다. 내가 이해하지 못하면 그것으로 끝이다. 내가 내 이야기를 해도 고려하지 않고 "너는 그래 그러면 할 수 없지" 하는 식이다.

남편의 성격을 엿볼 수 있는 좋은 예가 있다.

결혼 전 일본에서 데이트할 때였다. 남편이 검정 3단 접이 우산을 가지고 왔다. 나는 한 번도 보지 못했던 것이라 갖고 싶어 했다. 그러자 남편이 그럼 이거 가져 라고 말했다.

검정색 말고 다른 색으로 하나 사줘 라고 하는 나에게 검정색이면 어때 라고 말하며 다른 색을 살 필요가 없다고 남편은 잘라 말했다. 그래도 다른 색이 갖고 싶은데, 부탁하는 나에게 남편은 이게 있는데 왜 사야해라고 말하고는 그 이후로 대답도 안 했다.

그 날도 무슨 의견 차이가 있었으리라. 어떻게 해야 할지 몰라 잠자코 있는 나를 나 몰라라 하고 남편은 쿨쿨 잠이 들었다. 나는 속이 상한 가슴을 붙들고 주님을 찾았다.

주님이 재워주시지 않으면 나는 절대로 자지 못할 것 같았다. 혼자서 중얼중얼 혼자 잠들어 버린 남편이 야속하다고 말하며 왜 남편은 부인이 힘들어 하는데 다른 남편처럼 다독거려 주지 않는 걸까 원망했다. 주님께 기도하며 나는 방바닥에 주저앉아 성경을 읽기 시작했다.

창세기 12장10절을 보여주셨다.

"그 땅에 가뭄이 있었다. 그 가뭄이 너무나 심해 아브람은 가뭄을 피하기 위해 이집트로 내려갔다." 성경에서의 이집트는 육신이란 뜻이 있다.

여기를 읽었는데 주님이 너도 아브람처럼 나에게 나오지 않고 이집트로 찾아가고 있다고 하셨다. 너의 남편도 너와 같은 육신이라고 하셨다. 나에게 나와야 할 것을 남편에게로 나가니 너에게 평안이 없다고 하셨다.

은혜(물)가 부족해 내게 어려움(가뭄)이 오면 나로 하여금 주님 당신을 바라보게 하십시오. 눈에 보이는 남편에게서 위안을 받게 하지 마시고 오직 당신으로 채우게 하십시오. 오직 당신으로 인해 만족하게 하십시오.

상냥스런 남편이 아닌 것에 오히려 감사합니다.

그래서 이 강한 육신의 제가 당신께 나아가는 것을 배우니까요.
이 육신이 끈질기게 눈에 보이는 것을 추구하려 해도 이 육신의 원함
을 듣지 마시고 부디 당신이 원하시는 대로 만들어 주십시오.
당신안의 안식을 가르치십시오.

유형제님의 수술

한국에 사시는 유형제님은 어렸을 때의 사고로 한쪽다리를 절름거리셨다.(소아마비를 앓으신 것이 아니라.) 몸을 한 쪽으로 많이 구부리시며 걸으셨다.

멤피스 모임의 킷 형제의 주선으로 유형제님은 멤피스에서 수술을 받게 되셨다. 수술과 회복 총 2달가량 미국에 머물러야 한다고 했다. 누구 집에서 머물러야 하는가? 형제자매들이 기도를 했다. 남편과 나는 우리 집은 화장실이 하나라(그 때는 이사하기 전이라서) 모실 수 없을 것 같다고 의견을 나누었다.

그러나 모두들 기도했는데 누구에게도 주님이 너희 집에서 모시라고 응답해 주시지 않았다. 점점 오실 날짜는 다가오는데 이상하다고 생각했다. 그 때서야 우리부부는 기도를 시작했다. 신기하게도 화장실이 하나고 방도 비좁은 우리 집에서 형제님을 모시는 것에 우리 부부의 마음이 평안했다. 이렇게 해서 유형제님 부부와 2달 가까이를 같이 지내게 되었다. 보통 수술이 아니라고 생각은 했지만 수술 후 형제님의 고통은 표현할 길이 없었다. 생 뼈를 잘라내고 인공뼈(엉치, 힙)

를 넣었으니.

밤마다 소리 없이 우시는 형제님을 보며 주님의 몸을 생각했다. 생명이 없는 쇳덩어리도 사람의 몸 안에 넣어서 몸의 기능을 하게 하시는 주님. 그렇다면 주님의 몸이야 어떨까. 우리 같은 것들을 주님이 당신의 몸 안에 넣어주셨다니.

뼈를 깎는 아픔 속에서 조금씩 회복해 가시는 형제님. 주님이 왜 이 형제님을 우리 집에 보내셔야 했는지 조금은 알 것 같았다. 당신의 몸을 보게 하시고 싶으셨으리라.

우리로 인해 주님이 겪으신 그 고난을 생각해 보라. 이미 다 이기어 놓으셨음에도 불구하고 우리는 주님의 시야에서 보기보다는 이 육신의 시야에서 보고 있지 않은가.

돌덩어리들을 당신의 몸에 붙여서 살게 해주신 주님!
주님! 당신을 더 알게 해주십시오.
당신의 몸을 더 보게 해주십시오.

큰 조카와의 부딪힘

　순애 언니의 큰 아들이 군대를 제대하고 멤피스에 놀러왔다. 우리 집안에 막내 남동생이 커버린 이후 아이가 없다가 처음 생긴 애기라 우리들은 조카 재환이를 굉장히 귀여워했다. 그러나 정말 오랜만에 만난 재환이는 벌써 어른이 되어 있었다.

　한국에서 어렸을 때는 교회를 다녔다지만 커서는 입시에, 군대에 하나님을 생각할 겨를도 없었다고 말했다. 우리 식구들이 이곳에 와서 살면서 함께 주님을 누렸으면 하고 생각하는 나의 마음을 읽었다는 듯이 하루는 불쑥 재환이가 말했다.

　"장남인 나한테 이곳에서 같이 살자고 하지 마. 재홍(재환이 동생)이한테 말해 봐. 재홍이는 좋아할지도"

　"그거야 내가 말한다고 그렇게 되겠니." 내가 대답했다.

　7개월이 지나서 떠날 즈음에 나는 재환이에게 말했다.

　"재환아 너의 앞날을 어떻게 결정하든 나는 상관없다. 그러나 하나 꼭 말하고 싶은 게 있는데 그것은 네가 결정을 내리기 전에 반드시 주 하나님께 먼저 기도로 여쭤보라고 말하고 싶어. 너를 만드신 분이니 너에 대한 계획을 주님은 이미 가지고 계실 것 같아."

재환이는 한국으로 돌아갔다. 얼마 지나지 않아 토플을 봐서 이곳으로 돌아오겠다는 소식이 왔다.

"생전 처음 주 하나님이 원하시는 것이 무엇인지 여쭤봤고 그리고 내가 그 곳으로 돌아가기를 원하신대."

재환이가 이렇게 말했을 때 얼마나 기뻤던지. 토플 점수가 잘 나와서 같은 토플 학원의 사람들이 왜 이 성적가지고 후진 이름도 없는 시골로 가느냐고 물었단다.

정말 다시 멤피스 대학으로 유학을 왔다. 뉴욕이나 시카고가 아닌 이 시골로. 한번 주님의 음성을 들은 재환이는 세상 것에 연연해하지 않고 흔들림 없이 정말 꿋꿋하게 믿음의 길을 잘 가고 있다. 다시 돌아온 재환이는 우리 집에서 6개월을 같이 살다가 형제들 집으로 이사 들어갔다. 같이 사는 6개월 사이에 생각지도 않은 일로 부딪히게 되었다.

재환이가 자진해서 서울에서 열렸던 제1회 수양회(멤피스의 형제님들이 말씀을 전했다.) 때의 말씀 비디오를 보기 시작했다. 비디오를 보면서 궁금했던 것들의 설명이 다 있다며 너무나 좋다고 했다. 그렇게 표현한 재환에게 내가 말했다.

"꼭 너를 위해서 이 테이프가 있는 것 같네."

그러자 재환이 말했다.

"나를 위해서도 있지만 모두를 위해서지."

내가 다시 말했다.

"그래 모두를 위해서지만 지금으로서는 너를 위해 있는 거라고."

조금도 태도를 굽히지 않고 재환이는 태연하게 말했다.

"그래도 나만을 위해서라고 하면 안 되지. 모두를 위해서지."

답답해하며 내가 다시 말했다.

"아니. 나는 지금 이 순간을 표현한 거야."

정색을 하며 차갑게 재환이가 말했다.

"이모 내가 생각했는데 이렇게 이모하고 부딪힐 줄 알았어. 이모는 B형이지. 나는 A형이거든. B형하고 A형하고는 안 맞거든. 이 집에 살면 이모하고 부딪치겠구나 하고 예상하고 있었는데 예상대로 되었네."

나는 너무나 슬펐다. 사랑하고 오랜만에 만난 그리고 우리와 같이 주님의 길을 가는 내 조카가 나와 너무나도 다를 뿐 아니라 전혀 내 말을 이해하려고도 않는다니. 사실 말이 다를 뿐 무엇이 문제란 말인가. 그러나 주님이 금방 내 마음을 잡아주셨다.

멍청히 있다가 내가 말했다.

"재환아, 나는 B형이지만 B형으로 살고 싶지 않아. 앞으로 어떨지 모르지만 나는 그 어떤 상황 속에서도 B형의 반응을 보이는 게 아니라 주님형의 사람으로 살고 싶어. 여태까지 네 눈에 어떻게 보였거나 오늘 이 순간부터 나는 또 주님의 형으로 살 거야. 그러니 너도 이모를 B형의 사람으로 보지 말고 주님의 형으로 봐줘."

이렇게 단 한 번의 부딪힘이 지나갔고 재환이는 이제 자기의 가정을 갖게 되었다. 모임 안에 있는 아름다운 서양 자매와 지난 3월에 결혼하고 우리 집에서 1분 거리에 있는 아주 가까운 곳에 신혼살림을 차렸다.

"하나님이 함께 하신 아름다운 결혼식이었다."

재환이 동생 재홍이가 표현한 말이다.

지금도 거의 매일 매일 만나는 큰 조카, 그렇지만 한편 함께 지어져가는 나의 듬직한 형제가 된 재환이 때문에 나는 더 주님의 힘을 느낀다.

전지전능 하신 주님의 힘을 더 보기를 원합니다.
당신의 힘으로 살게 하십시오.

왜 예수님은
마구간에서 태어나신 것일까?

마구간에서 태어나신 예수님의 이야기를 읽을 때마다 나는 마구간이 얼마나 더러운지 얼마나 냄새나는지 생각은 안 하고 항상 시골스런 정경 속에 가지런히 놓여있는 짚더미들만 떠올렸다.

그러나 실제로 마구간에 가보니 냄새가 너무나 심했다. 빨리 나가고 싶은 마음만 들었다. 더러운 것은 이루 말할 필요도 없고, 그런 곳에서 주님이 태어나신 것이다.

크리스마스 때면 어김없이 이곳저곳에서 마리아와 어린 예수를 장식해 놓는다. 그러나 몇 명이나 실제의 마구간을 알고 있을까.

우리 부부가 하와이에 살고 있을 때의 일이다. 하와이의 한국 교회에 크리스마스의 특별 예배가 있다고 해서 따라나섰다. 아름답게 꾸며진 마구간과 어린 예수, 다시 마구간을 생각했다. 왜 하필이면 마구간일까. 들판의 텐트 속, 아니면 다락방, 남의 집의 창고, 얼마든지 다른 곳이 있었을 것 같았다.

그때 갑자기 주 예수님이 태어나신 그 마구간이 바로 너의 마음이라고 주님이 말씀하셨다. 너의 마음이 그렇게 더러워서 마구간을 택하

셨다 했다. 내 마음 속에서 주님이 태어나셔야 했기에 주님이 마구간
에서 태어나셔야만 했던 것이다. 이 더러운 내속에서 한 점의 흠도 없
는 주 예수가 태어나신 것이다.

아! 주님! 그렇습니다.

저는 바로 마구간보다 더한 냄새가 나는 자입니다.

마구간은 아무리 깨끗하게 포장해도 마구간입니다.

그래서 당신은 십자가에서 죽으실 수밖에 없었군요.

이런 저를 당신의 보혈로 덮으시려고, 이런 저를 당신과 같이 살게 하
시려고, 한 점의 흠도 없는 새 생명과 냄새나는 마구간, 이미 십자가에
서 끝이 났건만 여전히 냄새가 나는.

당신의 사랑을 감당할 수가 없습니다. 저 같은 자를 죽기까지 사랑하
시다니.

아! 주님! 당신은 시작부터 끝까지를 아십니다.

부디 당신으로 인해 기뻐하며 당신으로 만족하며 당신에게만 이 눈의
초점을 맞추게 하십시오.

간사한 인간의 육신 속에서 살고 있지만 제 마음이 끊임없이 당신에게
만 향하게 하십시오.

이 두개를 심어 넣었다

돌팔이 치과 의사를 만나서 그렇게 열심히 이를 닦았건만 하루아침에 어금니 바로 앞의 이를 뽑게 되었다. 얼떨결에 아프니까 정말 뽑을 수밖에 없나보다 라고 생각했다. 그러나 생각해보니 단 이틀의 결정으로 이를 뽑았다는 게 너무나 속이 상했다. 다른 의사에게도 한 번 더 가봤어야 했었는데.

이가 아파서 가까운, 한 번도 가본 적이 없는 치과를 전화번호부를 보고 찾아 간 내가 바보인지도. 약을 주고는 하루 24시간이 지나도 계속 아프면 다시 오라는 말에 다시 갔더니 이를 뽑아야 한다고 했다. 막상 뽑고 나니 너무도 후회스러웠다. 이가 빠져나간 자리를 혀가 계속 어루만졌다.(머리의 명령도 없는데 완전 무의식적으로.)

일 년 후 사랑니를 뽑던 치과의사가 갑자기 어금니를 뽑지 않으면 사랑니를 뽑지 못할 것 같다고 말하면서 누워서 입을 있는 대로 벌리고 있는 내게 어떻게 하겠냐고 물었다. 사랑니를 뽑으러 갔다가 결국에는 어금니까지 뽑혔다. 또 너무나 속상했다.

미국은 소송을 쉽게 한다는데 이거 정말 고소해야하나 하는 생각까지 들었다. 그러나 고소를 한다는 것에 도무지 평안이 없었다. 억울하고 속상하고 이 두 개가 빠져나간 자리가 너무도 컸다. 시간이 지나자 빈자리를 메우려는 듯 나머지 이들이 움직이는 것처럼 느껴졌다. 내 느낌일지도. 그러나 그이 두 개의 빈자리가 항상 마음에 걸렸다.

모임의 자매가 요즘은 이를 새로 심기도 하니 한번 알아보라고 말해 주었다. 얼마나 비쌀까 생각하며 알아보기 시작했다. 끝내는 가짜 이 두 개를 심었다. 경제적 형편이 좋아서 한 것은 아니다. 주님이 때맞추어 공급해 주셨다.

잇몸의 뼈에 나사를 박아서 그 나사에 가짜 이를 심었다. 3년 가까이 비어 있던 큰 빈자리가 메워졌다. 그러자 혀가 너무나 바빠졌다. 계속 그 두 개의 가짜 이들을 가서 만졌다. 혀가 쉬지 않고 어루만졌다.

'우리식구가 아닌데 왜 여기 있지'

'정말 우리 식구가 된 건가' 라고 말이라도 하는 것 같았다.

왼쪽에 해 넣은 이 두 개는 생명이 없는 것이다. 오른쪽의 어금니들은 생명이 있는 것이다. 생명이 하는 기능을 생명이 없는 가짜 이들도 똑같이 한다. 겉에서 보면 아무것도 다른 것이 없다. 그러나 나 자신만 아는 게 하나 있다. 생명이 없는 이들에서는 냄새가 난다. 똑같이 음식을 먹고 나서도 왼쪽의 생명이 없는 이들에서는 냄새가 심하게 난다. 내 입안에서 진짜와 가짜가 사이좋게 살고 있다.

어느 날 주님이 이렇게 말씀하셨다.

왼쪽에 냄새 나는 것이 바로 나라고 하셨다. 입속의 더러운 냄새 나는 그 가짜 이가 바로 나라고 하셨다. 나는 죽을 때까지 냄새가 날 것이고 그 더러운 냄새를 없앨 수 없다 하셨다. 그래서 내가 십자가에서 죽었노라고 하셨다.

　우리가 아무리 포장을 해도 오직 주님은 우리 육신의 냄새를 아신다. 주님 외에 우리가 무엇을 말할 게 있겠는가.

주님!
계속 제 자신이 얼마나 냄새나는 자인지 보게 하십시오.
그래서 계속해서 당신에게 나아가게 만드십시오.
그 냄새를 내던지고 오직 당신에게 매달리게 하십시오.
한 육신 안에 두 생명체가 살고 있는 비밀을 더 알게 하십시오.
십자가의 승리를 오늘도 떠올리게 하십시오.
주님!
너무나도 감사합니다.
이렇게 냄새나는 저를 끝까지 건져주신 주님!

회사에서 일어난 일

　직장에서도 스트레스가 있다. 물론 돈을 받고 하는 일이니 당연하다고 할지도 모르겠지만 나는 어떤 상황 속에서도 그 시간을 즐기려고 애를 쓴다. 전혀 중요하지 않은 일을 부탁받아도 재미있게 하라고 자신에게 말한다.

　내가 풀타임으로 일을 할 때 새로 입사한 일본 아가씨가 있다. 내가 처음부터 일을 가르친 그 아가씨가 내가 2시간 밖에 일을 안 하는 바람에 나에게 지시하는 위치에 서게 되었다. 생각하면 어색하고 자존심 상한다고 느낄 수도 있겠지만 나는 지시를 받는다고 생각하지 않고 2시간 도와주러 왔다고 생각하기로 했다.(슈퍼 헬퍼─무엇이고 다 할 수 있는) 우편물 준비니 상자 준비, 주소 쓰기, 프린트하기 등 온갖 허드렛일을 했다.

　나중에는 일본 아가씨가 물었다.

　"어떻게 미세스 김이 일을 하면 정말 하기 싫은 잡일조차 재미있어 보이니 비결이 뭐예요?"

　나는 빙그레 웃었다. 내가 재미있게 하려는 것이 정말 재미있게 보여 졌다니 감사했다.

"재미있어 하라고 내가 내 자신에게 명령했더니 정말 그렇게 되네."

이틀 후에 감당하기 어려운 사건이 처음으로 생겼다. 내가 나가는 사무실에 일본인 남성사원이 있었다. 일본 본사에서 온 주재원으로 영업을 하니 나와는 큰 연관이 없이 사무실에서 얼굴만 보는 정도였다. 처음으로 무슨 일인가 남성사원으로부터 이메일을 받고 간략하게 답을 써서 보냈는데 아마 그 때 처음으로 내 메일을 받았나 보다.

나는 그 당시 메일 끝에 언제나 "하나님의 축복이." God bless you라는 문구를 넣고 있었다.

갑자기 화가 난 얼굴로 남성사원이 내 책상으로 왔다.

"메일 끝에 붙인 문구를 지우는 것이 좋겠습니다."라고 말했다.

어떻게 답해야 할지 몰라 가만히 있었다.

"당장 지우십시오." 남성사원은 다시 강하게 말했다.

기껏 내가 답한 것은 "생각 좀 해 보겠습니다." 였다.

그러자 사무실이 터져 나갈 것 같은 목소리로 "지워. 누가 생각해 보라고 했어?" 반말로 성이 나서 새빨개진 얼굴의 남성사원이 명령했다.

나이도 나보다 훨씬 어린데. 아무 말 없이 그냥 돌아서서 기도했다. 사무실을 이대로 나갈까? 같이 소리를 지를까? 이런 저런 생각 속에서도 주님! 도와주세요 라고 기도했다. 가슴이 쿵쿵 뛰는 소리를 들으면서 계속 주님! 도와주세요 라고 중얼거렸다.

시간이 조금 흐른 후 남편에게 전화를 했다. 짧게 상황을 설명했다. 그러자 남편이 이렇게 말했다.

"그 사람이 말한 대로 다 지우고 시간 채워서 일하고 집에 와서 이야기 다시 하자."

한편으로는 남편이 약한 사람으로 여겨졌다. 달려와서 자기 부인을 모욕한 사람과 대신 싸워주지는 못할망정 그 사람이 지시한 대로 다 하라니.

한참이 걸려서야 남편이 말한 대로 다 지웠다. 내 감정을 내려놓고 아무렇지도 않은 듯이 시간을 채우고 회사를 나왔다. 집에 와서 남편과 다시 이야기를 했다.

"비지니스 관계니까 종교를 넣고 싶어 하지 않는 것이 보통 상식이니까. 회사의 지침에 따라야겠지."

함께 기도해 주었다. 내 마음의 평안을 위해서. 이 회사를 그만두어야 하는 것은 아닌가 생각도 들었다. 다음 날 출근하자마자 남성사원이 내 책상으로 오더니 회의실로 와 달라고 했다. 아주 공손한 태도였다.

"메일의 문구 지우라고 한 것 미안합니다. 지우지 말고 그냥 두십시오."라고 말했다.

"어제 벌써 지웠습니다."라고 대답하자 남성사원은 미안스런 표정으로 말했다.

"사실은 어제 일을 사장님께 보고 드렸습니다. 그러자 사장님께서 미세스 김의 메일로 인해 주문을 끊을 고객은 하나도 없고 그런 일이 있으면 사장님께서 책임지실 수 있다고 하셨습니다. 또 이 일로 미세스 김이 회사를 그만두게 되면 그때는 사장님 자신도 책임질 수 없으니 제가 책임지라고 하셨습니다. 제가 하는 영업은 사장님께서 할 수 있어도 미세스 김의 사무일은 도저히 못하신다 하셨습니다. 부디 마음푸시고 이대로 회사에 있어주셨으면 좋겠습니다."

"지금 그만둘 생각은 없습니다."라고 대답하자 몇 번이나 고맙다고 말했다. 몇 개월 지나지 않아서 남성사원은 사무실을 떠났다.

같이 싸우지 않기를 얼마나 다행인가. 같이 소리라도 질렀더라면 어떠했겠는가. 그 소용돌이 속에서 나를 붙드신 주님! 당신이 안 계셨다면 나는 감정이 시키는 대로 그 사람과 똑같은 일을 했을 것입니다.

나를 낮추시고 그리고 다시 높이시고, 주님의 손길에 따라 움직여지길 기도합니다.
당신의 뒤에서 잠잠히 숨게 하십시오.
당신이 요동치는 이 육신을 십자가로 가게 하십시오.
좋으신 주님!

주님을 기다림

때가 가까워 왔다. 깨어 있으라 하신다. 그러나 나는 자주 내 자신에게 묻는다. 주님을 기다려야 하는데, 주님을 기다리는 것은 어떻게 하는 것일까? 하는 일을 멈추고 주님만을 기다릴 수 있단 말인가?

모든 일을 정지하고 직장도 그만 두고 주님을 기다리는 것은 아닌 것 같았다. 이 모든 생활 속에서 이 모든 일들 속에서 주님을 기다리는 것인데. 대답도 없이 그냥 속에서만 왔다 가는 사라지는 질문이었다.

나는 언제나 주님을 기다리는 자로 발견되고 싶었다. 밤이고 낮이고 어느 때건 관계없이 주님을 기다리는 자로 있고 싶었다. 주님에게 아니 누군가에게서 "너는 잘하고 있어. 바로 지금 네가 주님을 기다리고 있는 거야." 라고 듣고 싶어 하고 있는지도.

사라죠이와 아벨참이 하는 바이올린 그룹에서 아이오와주로 연주를 갔다. 양로원과 교회에서 연주를 했다. 옥수수 농사를 짓는 큰 농가들이 많았다. 가도 가도 옥수수 밭만 보이는.

그 시골 교회에서 목사님이 주님의 기다림을 이야기했다. 간략하게 말하면 '주님을 기다립시다.' 라는 내용이었다.

그런데 내 마음에서 주님이 말씀하셨다.

"2초만 나를 기다려라. 하루 종일도 아니고 한 시간도 아니다. 너는 얼마동안 네가 나를 기다리고 있다고 생각하니? 내가 원하는 것은 2초다. 견딜 수 없는 순간, 그 순간의 2초를, 나를 기다려주겠니?"

2초라니. 세상에 2초야 얼마든지 기다릴 수 있지 라고 생각했지만 정작 그 2초도 쉽지 않았다. 평상시에는 깨어있어서 주님과 늘 함께 있다고 느낀다. 그러나 육신이 튀어 나올 때는 감당하기가 힘들다. 우리 남편처럼 늘 조용한 사람은 쉬울지도 모르겠다. 그러나 나는 정말 감정적인 사람이라 화가 났을 때 잠잠하기가 힘들다.

2초를 기다리라 하시는 주님!

화가 올라 올 때에 주님이 달라하신 2초를 떠올렸다. 사실 내가 무슨 화를 낼 자격이 있는가? 떠올려보면 주로 아이들 때문에 큰 소리를 낼 때가 많다. 잠잠히 있지 못하고. 이 부분은 지금도 주님에게 다스림을 받고 있다. 큰 소리를 내고는 후회하고 미안하다고 사과하고. 이런 나 자신을 철저히 보게 하신 것은 5년 전 사라죠이를 통해서였다.

아무 생각 없이 보던 공부방의 달력에 빨간 색으로 x마크가 되어 있었다. 한 달 달력에 어떤 주는 3개도 있고 어떤 주는 4개도 있었다. 생각 없이 8살 된 딸 사라죠이에게 물었다.

"저건 무슨 마크를 해 놓은 건데?"

"응 엄마가 큰 소리 낸 날들이야."

아무렇지도 않게 사라죠이가 대답했다. 하던 일을 멈추고 다시 달력을 보았다. 갑자기 달력이 온통 새빨개보였다. 주님 이렇게는 살 수 없습니다. 저의 순간을 잡아 주십시오. 그렇게 기도했던 나였기에 주님이 2초라고 하신 것이 너무도 가슴에 와 닿았다. 이 글을 쓰다말고 이 제는 13살이 되어 있는 사라죠이에게 물었다.

"그런데 그때 너, 엄마 큰 소리 내는 날들을 마크하다가 왜 그만두었 지?"

"음 횟수가 줄어들어서 마크를 하는 재미가 없어졌어. 그렇다고 엄 마가 전혀 큰 소리를 안 내는 건 아닌 거 알지?" 사라죠이가 웃으며 대 답했다.

늘 잠잠해 보이는 남편을 보며 이렇게 다른 성격도 있는데 왜 나는 이렇게도 감정이 격렬한 사람으로 만드셨습니까? 묻기도 했다.

속일 일도 감출 일도 없습니다.
당신은 저의 24시간을 전부 아십니다.
매일 매일의 생활 속에서 당신의 2초를 기다리게 하십시오.
잠잠히 있게 하십시오.
20년도 아니고 2년도 아니고 매 순간 그 2초를 기다리라 하신 주님.
제가 당신께 순종하겠습니다.
아니, 당신의 자비로 순종하게 하십시오.
작은 것, 큰 것, 모든 것들을 떠올리게 하시고 만지시고 다스리십시오.

미리암의 문둥병

우리 주변에서는 문둥병 환자를 볼 수가 없다. 그래도 그 병에 대해서는 대략 알고 있다. 감각을 잃어가는 병, 자기 몸의 부분이건만 아픔을 모른단다. 손가락이 떨어져 나가고 발가락이 떨어져 나가고. 이 이야기를 들었을 때 나는 즉시 영적인 문둥병을 떠올렸다.

수많은 곳에서 주님의 몸에 속한 이들이 손가락이 없어도 발가락이 잘려져도 아픈 것도 모르고 살고 있지는 않는가. 영적 문둥병을 무서워해야 할 것이다.

미리암은 왜 문둥병에 걸렸던가.

민수기 12:1-2

(모세가 이디오피아 여인과 결혼하였으므로 미리암과 아론이 모세가 결혼한 그 이디오피아 여인으로 인하여 모세를 비방하니라. 그들이 이르되, 주께서 오직 모세와만 말씀하셨느냐? 우리와도 말씀하시지 아니하셨느냐? 하매 주께서 이 말을 들으시니라.)(n KJV)

같이 모세를 비방했는데 왜 미리암만이 문둥병이 걸렸나?

미리암은 얼마나 귀한 자매인가.

모세가 태어나서 바로의 딸에게 발견되기까지 없어서는 안 될 역할을 한 자매이다. 미리암이 없었다면 주님의 일에 큰 착오가 생겼을 것이다. 주님이 미리암을 쓰셨다는 것은 누가 봐도 부정할 수 없으리라. 주님에게 그렇게 쓰였던 미리암이 문둥병에 걸린 것이다. 진 밖으로 7일간 쫓겨나는 모세와 아론 그리고 미리암.

문둥병의 미리암을 보고 아론이 모세에게 애원하고 모세가 주님에게 매달리는 구절들이 나온다.

형제의 권위를 침범하는 일은 없는가. 남편을 우습게 여기는 일은 없는가.

작은 내 안에서의 일로 인해 영적 문둥병에 걸릴 수 있다는 것이다. 그러나 슬프게도 자신이 문둥병에 걸린 것을 깨닫기가 쉽지 않다는 것이다. 그래서 함께 지어져가는 형제자매들이 소중한 것이다.

주님!
부디 저희들의 마음을 파 헤치셔서 당신에게 합하지 않는 것들이 있다면 빛으로 들추어 내주십시오.

받으라, 사랑하라

내 안을 들여다보면 주님을 여기까지 따라 왔다는 내 열심이 있다. 많은 것들을 뒤로 하고 여기 멤피스까지(직장 때문도, 친족 때문도 아닌 오직 교회 때문에) 왔다는 자부심이 있었다.

그러나 한편 내 속에서 속삭여대는 소리들도 있었다. 내가 좋아하는 시애틀에 있었어도 주님을 따를 수 있었을 지도 모르는데. 저렇게 하는 자매도 있고 열성도 없는 형제도 있네. 눈에 보이는 대로 형제자매들의 육신을 판단하고 있는 나를 보았다.

그러나 정말 감사한 것은 주님이 우리를 인도하셨다는 것을 붙들고 기도할 수 있었다는 것이다. 은혜가 없었다면 나는 또 어딘가로 아니 시애틀로 돌아가 버렸을 지도 모른다.

나는 쉬지 않고 흔들리지만 내 안에 계신 주님이 나를 잡고 계신다. 종교 속에서 나오기까지 너무나 먼 힘든 길이었기에 아직도 종교 속에서 매여 사는 그리스도인들을 보면 내 판단이 나오곤 한다.

그런 나를 주님이 꾸짖으셨다.

"너는 나를 따르라. 그리고 그 누구도 네가 판단치 마라. 너는 사랑만 하라. 너의 있는 그대로 내가 받았듯이 너도 있는 그대로 받으라."

사라죠이가 한 살 때였다. 밴쿠버의 교회를 방문할 기회가 있었다. 딱 한번 가본 중국인 교회였다. 아는 형제자매도 없는 곳이지만 누군가가 리치몬드에서 오셔서 말씀을 하신다는 이야기를 전해 듣고 갔던 것 같다. 그곳의 한 중국 자매가 처음 만난 사라죠이를 너무나 예뻐했다. 아주 오랫동안 만났던 아기를 대하듯이 안아주고 뽀뽀해주고 너무나도 사랑이 넘쳐 났다. 물끄러미 그 모습을 보는데 주님이 말씀하셨다.

"너도 너의 아이를 누군가가 아무 조건 없이 아무 이유 없이 사랑해 주니 기쁘냐?"

"나도 너희들이 아무 이유 없이 조건 없이 사랑한다면 기쁘겠구나."

아주 조금 아버지의 마음을 만졌다.

또 한 번의 경험은 수영장에서였다. 숨을 쉴 때마다 물을 들이마시고 내뱉고 수영을 하고 있는데 주님이 다시 말씀하셨다.

"이렇게 네가 물속에서 숨을 쉴 때마다 물을 마시고 그러나 뱃속까지 넣지는 않고 다시 뱉어 내지 않느냐. 자연스럽게 물속에서 네가 호흡을 하고 있지 않느냐. 너의 삶도 이래야 한다. 수도 없는 그리스도인들을 만나면서 네 뱃속까지 똑같이 나누지 않아도 된다. 물속에서 호흡을 하듯 자연스럽게 있는 모습 그대로의 그들을 받아주어라. 그들을 바꾸려고 고치려고 하지 않아도 된다. 너는 나의 부름에 충실만 하면 된다."

이 두 사건 이후로 나는 많이 자유로움을 얻었다. 세상을 잘 살기 위해서 믿는 종교적인 면으로 하나님을 이야기하는 사람과도 편안하게 내 이야기를 한다. 주님의 부름에 오직 충실하기를 기도하면서. 흡사 귀를 뚫은 종이 주인의 음성만을 기다리듯이. 옛 이스라엘의 종들 중에 주인이 자유를 주어도 주인의 집을 떠나지 않고 자신의 의지로 주인과 그대로 살겠다고 선택한 종은 문설주에 대고 자신의 귀를 뚫었다.

주님! 당신이 기뻐하시길 기도합니다.

금송아지

2005년도 겨울 한국에 다녀왔다. 가기 전부터 멤피스의 형제자매들이 기도를 해주었다. 이번 한국 방문이 바로 주님이 원하시는 시간이 되게 해주시라고.

한국 도착 첫 날부터 시차 때문에 잠을 제대로 잘 수가 없었다. 엉뚱한 시간에 깨서는 다시 잠이 안 왔다. 성경을 펴서 읽기 시작했다.

출애굽기의 금송아지 이야기였다. (출애굽기 24장-32장)

다 알던 이야기인데 깜짝 놀랐다.

아론과 이스라엘 사람들이 금송아지를 만들고 있는 같은 시간에 모세는 시내산에서 주님과 함께 있었다는 것이다.

주님께서 주님의 집을(성막) 어떻게 지어야 하는지를 자세하게 설명하고 계신 똑같은 시간에 기다림에 지친 이스라엘 사람들은 자기들의 하나님을 만들어 낸 것이다. 가지고 있던 금 귀걸이들을 바쳤다. 금 귀걸이는 피땀 흘려 번 돈으로 산 것 이리라. 그렇게 귀한 것들을 내놓았다니.

모세가 주님께 나간 것을 알면서도 기다리지 못했다는 것이 이상스럽기까지 했다. 허나 백성이 아무리 난리를 쳐도 아론은 알지 않았는가. 무리의 여론에 반대할 힘이 없었는지도. 세상에 대한 타협처럼 여겨졌다.

그 아론이 백성들과 하나가 되어 금송아지를 만들었다. 오늘날의 우리들도 아론이 될 수 있다. 주위 사람들의 시선이나 의견들을 너무 신경 쓰다 보면, 혹은 하나님의 음성 대신 사람의 소리 혹은 내 자신의 소리를 따르다 보면 결국에는 아론처럼 금송아지를 만들 수 있는 것이다.

모든 사람들이 함께 이집트에서 나와서 함께 가고 있었건만 너무나도 다르지 않는가. 한 사람은 주님에게서 직접 주님의 집에 대한 상세한 교제를 누리고 나머지 사람들은 눈에 안 보이는 주님을 눈에 보이게 하고 싶어서 실수를 저지르고. 얼마나 무지한 자 들인가.

한편 나는 주님께 물었다.

주님! 나는 지금 금송아지를 만들고 있지는 않습니까?

주님, 보게 하십시오! 라는 나의 기도에 주님은 매 순간 '너는 선택할 수 있다' 하셨다.

내 앞에 나와서 나와 교제할 수도 있고 눈에 보이는 주님을 네가 만들 수도 있다고 하셨다.

숫자가 많은 곳에 가기를 원하지 말고 내가 있는 곳에 있기를 기도하라 하셨다.

주님!
눈에 보이는 그 어떤 것으로 인해 좌지우지하지 않게 도와주십시오.
당신의 음성을 들을 때까지 기다리게 하십시오.

언젠가는 우리 부부를 다시 일본으로 보내셨으면 하는 마음이 있다. 그러나 주님을 전할 수 있다는 좋은 아이디어 때문이 아니라 주님의 음성에만 움직이기 위해 우리는 지금도 잠잠히 기다리고 있다. 주님의 때를.

누구든 주님의 시간을, 주님의 때를 기다리지 않을 때, 우리도 모르는 사이에 좋은 영적인 아이디어에 의해 금송아지를 만들 수 있기 때문에.(편안하게 자기의 유익을 누리는 것이 금송아지를 만드는 것이 아니다. 금송아지를 만드는 데는 엄청난 자기희생과 자기부인이 따른다.)

당신은 지금 주님의 음성을 듣고 있는가?

당신은 지금 주님의 때를 기다리고 있는가?

열 처녀 이야기 속에서

(마태복음 25장 1-13)

나는 성경은 주님을 아는 사람들에게 주신 것이라고 생각한다. 주님을 모르는 사람이 주님을 기다린다고 할 수 있겠는가.

열 처녀가 함께 주님을 기다리고 있었다. 그 중에 다섯은 슬기롭고 다섯은 미련하다 하셨다. 그 미련한 다섯도 신랑을 기다리고 있었지만 기름이 없었다고 한다. 미련한 다섯이 주님을 영접하지 않았다라고 생각해선 안 될 것이다. 이 미련한 다섯도 나나 당신처럼 주님을 영접한 자 들일 것이다.

처음에는 슬기로운 자 다섯이 기름을 나눠 달라는 미련한 자들의 요청에 "너희 쓸 것을 사오라"고 말한 그 대답에 이해가 되지 않았다. 나 같은 자도 함께 사는 자매 누군가가 도와 달라 하면 거절하지 않을 텐데. 성경 속에서는 더 은혜로워야 할 것이 아닌가. 왜 나눠주지 않은 걸까? 정말 같이 쓸 수 없을 것 같아서 그랬을까?

슬기로운 다섯이 차갑고 이기적이라는 생각까지 들었다. 겉옷을 달라하면 속옷까지 주라 하시던 주님의 가르침으로서는 이해가 안 가는….

어느 날 주님이 알려주셨다. 슬기로운 다섯이 기름을 주고 싶어도 줄 수 없었다는 것을. 기름은 성령이라서 나눠주고 얻어오고 할 수 있는 게 아니라고 하셨다. 오늘 각자가 성령을 받아야 하는 것이라고. 하루하루 얻어지는 마음속의 기름을 어떻게 줄 수가 있느냐고.

아무리 사랑하는 형제자매일지라도 내 마음속의 기름을 줄 수는 없단다. 그러나 매일 매일의 생활 속에서 격려하며 함께 성령을 받도록 같이 나아갈 수는 있다 하셨다.

이 세상의 어떤 교회건 모임이건 어딘가에 속해 있다고 해서, 그 모임에 나가고 있으니까, 그 교회에 멤버라서 주님께 데려감을 받는 일은 절대로 없을 것이다. 아무리 좋은 모임 좋은 교회라 해도 그 모임 전체가, 그 교회 전체가 한꺼번에 다 같이 데려감을 받는 일은 없을 것이다. 어느 곳이든 이기는 자는 있을 것이다.

그러나 주님을 사랑하고 진실 되게 서로 지어져가는 모임에 있음으로 해서 받는 혜택은 너무나도 크다. 성령을 받도록 오늘 서로 격려하며 함께 나아갈 수 있기 때문이다. 슬기로운 처녀도 미련한 처녀도 다 함께 있었다. 그러나 미련한 다섯은 끝까지 미련했다. 틀림없이 슬기로운 다섯이 하는 것을 보았음에도 불구하고 자신들의 미련함 속에서 자기 모습 그대로 살며 돌아봄이 없었다는 것이다.

주위에 슬기로운 처녀가 있는지 돌아보자. 그들의 삶을 본받아 함께 기름을 받으러 나아가자.

주님!

오늘 제가 받아야 할 기름을 제가 받기를 원합니다.

당신의 힘으로 사는 그 순간이 바로 제가 당신을 받는 것이란 것을,

나를 부인하고 당신에게 나아갈 때가 바로 그 순간이란 것을,

저는 미련한 자지만 당신은 지혜로우십니다.

저를 고집하지 말게 하십시오.

당신의 은혜 속에서 이 길을 가게 하십시오.

그 어떤 상황 속에서도 마음을 열고 당신을 받게 하십시오.

제 마음이지만 제가 열지 못할 때가 있음을 고백합니다.

당신의 여린 새 생명이 괴물 같은 옛 생명을 이기게 하십시오.

기도하다가 갑자기 아주 오래 전에 들었던 키스크라스 선교사님의 테이프의 내용이 떠올랐다. 우리의 육신은 배고픈 사자처럼 사납고 우리 안의 영은 조그만 아기 생쥐처럼 연약하다고. 당연히 사자가 생쥐에게 이기지만 오직 하나, 우리가 사자를 계속 굶긴다면 그리고 생쥐에게만 영양을 공급한다면 승리가 있다는 내용이었다.

사자(육신)가 아닌 생쥐에게 음식을 주는 것이 바로 지혜로워 질 수 있는 길의 열쇠가 아닐까? 당신은 지금 사나운 사자에게 음식을 주고 있지는 않는가. 사나운 사자에게 음식을 준다는 것은 바로 내 편한 대로 사는 것을 의미하는 것 같다.

내 이익이나 편함이 아니라 그 어떤 상항속에서도 주님과 주님의 몸인 형제자매들을 섬기기를 선택하는 지혜로운 자들이 되자.

첫 번째 꿈

나는 꿈을 많이 꾼다. 그러나 대부분은 기억하지 못한다. 주님을 알고부터 지난 19년을 돌아보니 꿈 중에도 주님이 주시는 꿈이 있다는 것을 알았다.

지금도 생생하게 기억하는 2개의 꿈이 있다.

첫 번째는 1996년 시애틀에 있을 때였다. 동생 평애가 죽는 꿈이었다. 꿈속이었지만 생명이 없는 평애의 몸에서 돌 같은 차가움이 지금도 느껴진다.

나는 우리 아버지가 돌아가셨을 때 만져본 경험이 있기에 그 차가움을 안다. 딱딱하고 차가운 죽은 사람의 몸은 살아있는 사람과 전혀 느낌이 다르다. 내가 알고 있던 사람같이 여겨지지 않고 만지는 순간 섬뜩한 생각이 든다. 어떻게 평애가 죽었는지는 모르지만 죽은 시체에 둘러앉아 모두들 울고 있었다. 꿈이건만 현실처럼 여겨졌다. 꿈에서 깨어나고 나서 안도의 숨을 쉬었지만 아침 내내 가슴이 허전했다.

'죽음'을 생각했다. 그렇게 만나고 싶어도 만날 수 없는 아버지와 오빠를 생각했다. 세상에 이런 이별이 있으리라고는 꿈에도 몰랐건만, 가슴이 저미도록 보고 싶어도 두 번 다시 볼 수 없는 것이다.

집안을 치우고 있는데 전화벨이 울렸다. 한국의 순애 언니였다. 순애 언니와 평애 사이에서 무슨 일이 있었던 모양이다. 한 시간 넘게 언니가 평애에게서 받은 상처들을 이야기했다.

그런데 나는 그 이야기의 내용이 귀에 들어오지는 않고 어젯밤에 죽은 평애의 모습이 자꾸 떠올랐다. 보통 때 같으면 이야기의 내용을 듣고 잘잘못을 짚으면서 대답했을 것이다. 그러나 그렇게 할 수가 없었다. 내 가슴에서는 동생 평애가 죽는 경험을 이미 했었으니 말이다.

"언니 이러다가 오늘 갑자기 평애가 죽으면 언니 심정이 어떨까?"

"지금 언니의 심정으로 그것이 평애와의 마지막이라 생각하면 언니 어떨 것 같아?"

나는 계속 이렇게만 말했다.

"생각해 보면 너의 말대로 평애가 죽는다면, 오늘 더 이상 평애를 만날 수 없다 생각하면 이 까짓게 무슨 상관이 있겠니." 순애 언니가 말했다.

누가 옳고 틀렸다가 아니라 그 일들을 통해 내가 죽어야 하고 내 속의 상대가 또한 내 속에서 죽어야 한다 하신다.

상처를 받았든 상처를 주었든 십자가로 달려가게 하십시오.
당신으로 인해 받은 새 생명으로 살게 하십시오.

두 번째 꿈

한 가족같이 아주 가깝게 지내던 일본 형제가 결혼을 하게 되어서 9년 전에 일본에 가게 되었다. 동생 평애와 쌍둥이인 가애도 그 결혼식에 참석하러 남편과 함께 왔었다. 친 자매간도 서로 다 다르듯이 주님의 피로 태어난 주님의 한 몸에 동참한 우리들도 서로 얼마나 다른가.

가애는 내가 영어로 가나(Ghana)에서 온 자매와 교제하는 것을 옆에서 듣고 있다가 불쑥 말했다. "그렇게 교제해 주면 어떡해? 교제해 줄라면 잘해 줘야지."

부부 문제를 가나 사람들에게 말하는 것이 부부 문제에 큰 영향을 미치는 것 같아서 나는 가나 자매에게 가나 사람들에게만은 절대로 부부 문제를 말하지 말라 라고 말한 것을 가애는 "누구에게든 무조건 부부 문제는 말하지 말라"라고 한 줄 알았다는 것이다.

내 요지는 그리스도 안에서 함께 교제하는 형제나 자매에게는 아픔을 털어놔도 되지만 가나 사람들에게 말하면 그대로 남편의 귀에 들어가니까 하지 말라는 충고였다. 그 말들을 영어로 했고 옆에서 가애는 잘못 알아들은 것이다.

"남편 귀에 들어가니 남편의 이야기는 절대 누구에게도 하지 마라."

"그러면 관계가 더 악화될 것이다."

가애 생각에는 이렇게 외롭고 힘들어 하는 가나 자매에게 그나마 탈출구라도 있어야 하는데 가나 자매가 지키지도 못할 교제를 내가 해주고 있다고 느꼈단다. 그러나 가애가 옆에서 자기가 무슨 윗사람 이라도 되는 양 던진 말들이("그렇게 교제해 주면 어떻게? 교제해 줄 라면 잘해 줘야지") 내 가슴에 와서 꽂혀 버렸다. 나는 내 밑의 동생들 에게도 그런 말투를 써 본 적이 없다. 꼭 사람을 무시하는 것 같이 느 껴져서.

그러나 가애는 그런 말투를 일부러 쓰는 게 아니라 가애의 말투였 다. 내가 설명하자 곧 "언니 미안! 내가 영어도 제대로 못 알아듣고, 정 말 미안해." 진심으로 미안해하는 가애에게 나는 마음이 풀리지가 않 았다.

어떻게 가나 자매 집에서 나왔는지 생각도 안 난다. 속에서는 계속 동생이 참 괘씸하다고만 생각이 들었다. 그렇게 말하던 가애의 얼굴 이 자꾸 떠올랐다. 마음에서 없어지지 않고 생각할 때마다 괘씸하고, 그 반복의 연속이었다. 미안하다며 전화도 몇 번이나 왔는데도 나는 마음이 평안하지 않았다.

2주 정도 지나서 꿈을 꾸었다. 내가 가애를 꽁꽁 밧줄로 묶어서 목욕 탕에 눕혀 놓았다. 탕에 물이 뚝뚝 떨어지고 있었다. 물이 떨어지는 탕 속에 온 몸이 묶인 가애가 슬픈 눈으로 나를 바라보고 있었다. 나는 가 애가 물에 조금씩 잠겨가는 모습을 바라보고 있었다. 그러다가 벌떡 꿈에서 깨어났다.

내가 지금 무슨 짓을 하고 있는 건가. 미안하다며 용서해 달라는 동생을 죽어도 용서할 수 없을 것처럼 내 자신의 감정을 싸안고 있는 나. 기도를 하고 바로 동생 가애에게 전화를 걸었다.

"용서를 했다고 이야기하지 못한 내 육신을 용서해줘."라고 말했다.

아직도(이미 끝난 육신이라도) 내 안에서 나라는 존재는 귀하고 사랑스럽다. 조그만 상처라도 받으면 견딜 수 없이 아프다. 뒤집어 보면 죽은 육신을 끌어안고 아파하고 있는 것이다.

그러나 그 아픔을 통해서 우리가 주님을 배워갈 수 있는데. 그 일들은 아픈 기억이지만 너무나 감사하다. 그 일들이 있었기에 내가 또 나를 보았다.

상처를 받았을 때 주님께 나아가지 않으면 어떻게 치유를 받겠는가. 자신의 감정에 매여 있는 나를 불쌍히 여기신 주님께서 보여주신 귀한 꿈이었다. 계속해서 불쌍히 여김 받기를 기도하며, 주님의 자비로 살게 하시라고 기도했다.

주여! 부디 내 자신의 감정에 묶이지 않게 도와주십시오.

마른 장작 위의 찬물

(열왕기상 18-25-39)

상처를 주고 상처를 받고 함께 사는 세상에서는 언제고 일어나는 일이다. 아무 이유 없이 까닭 없이 눈길 하나에서도 상처를 받을 수도 있다.

영어를 전혀 못 하시는 엄마가 일요일 예배에서 돌아오면서 이렇게 말씀하셨다.

"아니 왜 저 자매가 나를 싫어하는 거냐?"

나는 깜짝 놀랐다. 나도 모르는 무슨 일이 서양 자매와 엄마 사이에서 있었단 말인가.

"무슨 일로 그렇게 생각해?" 내가 물었다.

"아니, 조금 전 그 자매에게 내가 웃으면서 고개를 끄떡였는데 본 척도 안하고 가버렸어." 엄마가 대답했다.

"엄마 그건 틀림없이 오븐에 무엇을 올려놓았거나 급히 전화를 걸 곳이 있다거나 무엇인가에 정신이 팔려서 그랬을 거야. 아니, 엄마와 아무 일도 없는데 왜 엄마를 싫어하겠어." 내 설명에 엄마는 너의 말을 듣고 보니 그건 그렇구나 하셨다.

나도 엄마처럼 그런 느낌이 들 때가 있다. 영어를 제대로 못 알아들어서 제외당하는 것 같기도 하고 문화 차이로 오는 외로움도 있었다. 그러나 이런 장애물을 통해 살아서 움직이시는 주님을 배우지 못한다면 우리는 엄청난 손해를 보는 것이다.

장애가 있음으로써 더욱 주님을 의지할 수밖에 없는 나.

상처를 받음으로써 주님께 매달릴 수밖에 없는.

5년이나 멤피스에 있었으면서도 아직도 '인애'의 영어가 서투르다는 소리를 누군가의 입을 통해 전해 들었을 때 너무나도 사실임에도 불구하고 마음이 아팠다. 그러나 이런 상처들은 모두 마른 장작 위의 찬물 같다고 하셨다.

열왕기상 18장 25절-39절을 읽었을 때 주님이 말씀하셨다.

바알의 선지자들은 마른 장작 위로도 불을 일으키지 못했다. 그러나 엘리야는 그 마른 장작위로 찬물을 세 번이나 끼얹게 했다. 그 찬물이 단에서 흘러 도랑에도 물이 가득하게 되었단다. 그렇게 흠뻑 젖은 장작, 번제물, 돌, 흙 도랑의 물까지 주님의 불이 내렸다. 다 태우시고 도랑의 물까지 말려 버리시고, 그 어떤 상처도 (마른 장작 같은 우리 가슴에 찬물을 끼얹는) 주님의 불이 타오르지 못할 것이 없다. 주님 앞에 나가기만 한다면.

주님의 사랑의 불길이 오늘도 우리 가슴에서 활활 일고 있는가. 한 사람 한 사람이 돌아보아야 할 것이다.

사울 왕을 생각하다

사울의 일생을 생각해 보았다.

왕이 되기 전 아주 작은 자였던 사울.

사무엘에게 자신은 이스라엘에서 가장 작은 부족 베냐민이요 그 베냐민족속의 가족 중에서도 가장 보잘 것 없는 가족이라고 자신을 표현했었으니 말이다. (사무엘상 10:21)

그 사울이 왕이 되어 변해가는 모습을 보게 된다. 어쩌면 우리 모두가 어떤 상황이 지나가고 나면 자신들도 모르는 사이에 처해진 환경에 의해 변해 가는지도. 그러나 계속해서 주님의 발밑에 있지 않으면 엄청난 구렁에 빠질 것이란 것을 알게 해주시는 주님께 그저 감사할 뿐이다.

사울은 다윗이 자기 뒤를 이을 기름 부음을 받은 자란 것을 알면서도 계속해서 다윗을 죽이려고 했다. 성령을 방해하고 있다고는 조금도 느끼지 못하고 다윗이 살아 있으면 자기 아들 요나단이 왕위를 이을 수 없다고만 생각했으리라. (사무엘상 20:31)

사무엘상 20:31

[이새의 아들이 땅에 사는 동안은 너와 네 나라가 든든히 서지 못하리라. 그런즉 이제 보내어 그를 내게로 끌어 오라 이는 그가 반드시 죽어야 할 자니라.]

사울은 아들 요나단에게 왕국을 물려주고 싶었으리라. 사랑하는 아들에게 말이다. 그러나 사울이 자신의 미래를 알았다면 그렇게 했겠는가.

사울이 무지하게 빚은 잘못된 선택으로 인해 사울의 가족 친족들은 목매달려 죽게 된다. 사무엘하 21:1-9까지를 읽어 보라.

사무엘하 21:1-2

[다윗의 시대에 연부년 삼 년 기근이 있으므로 다윗이 여호와 앞에 간구하매 여호와께서 가라사대 이는 사울과 피를 흘린 그 집을 인함이니 저가 기브온 사람을 죽였음이니라 하시니라 기브온 사람은 이스라엘 족속이 아니요 아모리 사람 중에서 남은 자라 이스라엘 족속들이 전에 저희에게 맹세하였거늘 사울이 이스라엘과 유다 족속을 위하여 열심히 있으므로 저희 죽이기를 꾀하였더라.]

'무지하게 빚은 잘못된 선택'이라 표현했지만 우리 모두가 쉽게 저지를 수 있는 잘못인 것이다. 특히 왕으로서 자신들의 백성들을 위한 열심에서 저질러진 것이다. 조상들이 맹세한 약속이 있음을 알았지만 그 약속은 옛 것처럼 보이고(눈에 안 보임) 백성들은 눈앞에 있지 않은가. 눈에 보이는 백성들의 환호를 얻고 싶지 않은 자가 누가 있겠는가. 눈에 보이는 백성들을 선택한 것뿐이다. 그러나 그 결과는 엄청난 비극을 가져온다.

자기 가족, 친족을 사랑하지 않는 사람이 어디 있겠는가. 여호와 앞에서 목매달아 죽이겠다며 사울의 자손 일곱을 내어달라는 기브온 사람들의 요구에 다윗은 사울의 자손 일곱을 내어준다. 그 일곱 중에 사울의 첩이였던 리스바와 사울과의 사이에서 낳은 두 아들이 들어 있었다. 바로 그 두 아들도 목 매달리는 죽음을 당한다.

리스바가 굵은 베를 깔아놓고 그 시체들 옆에서 낮에는 새들로부터 밤에는 들짐승들로부터 죽은 아들들을 지켰다.(사무엘하 21:10)

사무엘하 21장 10절을 읽어보라.

리스바의 아픔을 당신도 아주 조금은 만질 수 있을 것이다. 사랑하는 두 아들이 눈앞에서 목매달려 죽는 것을 누가 볼 수 있단 말인가.

'그렇게 하면 당신의 아들들이 목매달려 죽을 겁니다.' 라고 말해주면 어느 누가 그렇게 하겠는가. 문제는 우리가 주의 깊게 묻지도, 듣지도 않는다는 것이다.

한치 앞도 모르는 인간이기에, 우리가 아무리 주님의 능력을 많이 받았다고 해도, 주님에게 묻지 않으면, 치명적인, 돌이킬 수 없는 실수를 할 수도 있는 것이다.

우리 모두가 아이들을 사랑해서 최고의 것을 주고 싶어 하지만, 우리의 하루하루 매 순간의 선택에 의해서(당장 눈에 보이는 필요에 의해 그냥 따라 살 것인가 아니면 눈에 보이지는 않지만 주님의 음성을 듣기 위해 주님께 물으며 살 것인가.) 우리 아이들을 목매달아 죽는 곳으로 끌고 갈 수 있는 것이다. 실제로 그 목매달려 죽는 죽음이 육체에 행해지지는 않는다. 그러나 영적인 상태로서 깊이 생각해보라.

그냥 성경 속의 이야기라고 생각지 마라. 주님 이외 누가 내일 일을 알겠는가. 주님 이외 누가 더 당신의 아이들을 사랑하겠는가.

우리의 모든 계획을 내려놓고 오늘 다시 주님께 나아가자. 주님이 원하시는 것은 바로 나와 당신의 온전한 마음이다. 다른 것이 아닌 오직 주님으로 채워질 수 있는 빈 마음인 것이다. 당신의 좋은 성스러운 주님을 위한 일이 아니라 나누어지지 않은 당신의 마음이다.

래리 형제와 맷 형제

래리 형제는 우리 모임 안에서 없어서는 안 될 귀한 형제이다. 래리 형제는 신장의 병으로 인해 1972년 주님을 알게 되었단다. 1974년도에 그리스도인들끼리 모여 사는 공동체에 들어갔다. 주님만을 사랑하는 무리들과 주님만을 사랑하며 살고 싶었기에. 1975년 형제자매들의 기도로 신장병 증세가 없어졌다.

그러나 9년 뒤 1983년 공동체가 주님으로 인해 움직여지지 않는 것을 깨닫고(인간의 권위에 의해 움직여지는, 개인의 자유를 억제하는) 나왔다.

래리 형제는 1986년, 크리스챤 책을 많이 써서 꽤 이름이 알려진 그리스도인이 애틀랜타에 온다고 해서 그 컨퍼런스에 참석했다가 멤피스에서 온 형제들을 만났다. 즉시 그 형제들을 더 알고 싶다고 생각한 래리 형제는 멤피스를 방문하기 시작했다. 2년간의 방문(한 번의 집단 생활의 경험이 있었으므로 조심스러웠으리라)과 기도 끝에 래리 형제가 멤피스에 이사한 것은 1988년이다.

그러나 신장의 병이 25년 만에 다시 재발했다. 어느 토요일 남편은 래리 형제가 이렇게 의사에게 말했다고 토요일의 형제들만의 기도 모임을 다녀와서 말해주었다.

"의사 선생님, 언제고 제 신장을 떼어내고 다른 사람 것을 이식해야 한다면 말씀해 주십시오. 저에게는 자신의 신장을 내줄 70명이 넘는 형제자매들이 있습니다."

그 말을 전해 듣고 나는 래리 형제의 믿음이 가슴에 와 닿았다. 나를, 우리를 주님 안에서 하나라고 믿고 있는, 우리는 기도했다.

'주님! 저희들로 하여금 이 형제의 기도대로 하나의 신장을 내줄 수 있게 만드십시오. 저희들의 힘으로는 못하니 주님이 저희들을 그렇게 인도해 주십시오.'

2000년도에 의사는 래리 형제에게 신장을 떼어내고 다른 사람 것을 이식해야 한다고 말했다. 우선 친 자매 형제가 모든 면에서 쉽게 맞으니 먼저 가족들을 알아보라 했단다.

래리 형제의 동생이 신장을 떼어주겠다고 했고 정밀검사하려고 병원에 들어갔는데 혈압이 너무 높아져서 검사를 할 수가 없었다. 다음 주로 검사를 미루었으나 그 다음 주도 또 혈압이 높아졌다. 평상시에는 전혀 혈압의 문제가 없는 사람이 병원만 들어가면 혈압이 높아진다니, 3번을 미루고 나서야 가족이 아닌 다른 사람이라도 데려오라고 했다.

그 때 우리 모임 안에서는 모두들 래리 형제를 위하여 그리고 누구의 신장인가 계속 기도하고 있었다.

래리 형제의 결혼한 딸이 기증하고 싶어 했다. 그러나 사위가 반대한다는 이야기를 들은 래리 형제는 딸이 남편에게 순종하기를 원했다. 그 당시 래리 형제의 사위는 그리스도인이 아니었다. 그러나 지금은 주님을 영접한 형제가 되었다.

누구의 신장일까? 그 때 이미 맷 형제의 가슴 속에 자기가 아닐까 하는 마음이 있었단다.

그러나 아이들이 6명이나 있는 맷 형제에게 정말 주님이 말씀하신 걸까. 염려와 기도가 있었다. 한 발 내딛는 큰 전환점이 된 것은 맷 형제가 사슴사냥을 가서 나무 위에서 사슴을 기다리던 3시간 동안에 일어났다.

맷 형제에게 처음에는 너는 아니다. 신장을 주어서는 안 된다는 부정적인 생각들이 줄을 지어 떠올랐단다. 마치 퍼레이드 행렬처럼.

'수술대 위에서 죽을지도 몰라. 그럼 베스가 혼자 어떻게 6명의 아이들을 키우겠냐?

'너 대학교 때 헌혈하고 쓰러졌잖아. 주사 바늘로 빼는 정도의 피도 제대로 감당 못하는데 그 큰 수술을, 절대로 너의 몸이 감당 못할 거야.'

실제로 맷 형제는 대학 때 헌혈하고 너무 급히 일어나서 걸으려고 하다가 쓰러진 후부터는 피가 몸에서 조금만 빠져나가도 머리가 어지러워지는 현상이 생겼단다.

육신의 소리에 주님은 대답하셨단다.

"나는 고아와 과부의 하나님인 것을 너는 모르느냐?"

"지금까지 네가 아이들에게 가르쳐 온 주님의 말씀들이 그냥 '말'로 끝나는 것을 너희 아이들이 보면서 너와 함께 사는 것과 네가 죽어 없어도 아이들이 너에게 들었던 그 말들이 그냥 '말'이 아니란 것을 보고 실제로 그 말씀들을 누리며 사는 것과 어느 것이 더 가치가 있다고 생각하느냐?"

줄줄이 이어진 육신의 소리에 하나도 빠짐없이 주님은 대답하셨단다.

설사 수술대 위에서 래리 형제가 죽는 경우가 생긴다 해도 이 수술은 주님이 원하신다는 확신이 왔단다.

13살 된 둘째 아들 티모디가 말했단다.

"아빠, 만약 아빠가 돌아가시면 그것은 하나님의 뜻일 거예요. 우리 모두가, 온 교회가 기도하고 있는데 그 누가 실수를 할 수 있겠어요. 오직 주님의 뜻일 뿐이죠."

베스 자매는 처음에는 애가 6명이나 있는 자기 남편이 신장을 다른 형제에게 준다는 것이 믿기지가 않았단다. 애도 없고 부인도 없는 총각 형제들도 많은데.

그러나 남편이 피검사를 시작하면서 베스도 진지하게 주님께 기도했단다.

시편 20편이 베스 자매에게 큰 힘이 되었단다. 아무 것도 확인해 보지 않고 시작한 기도가 평안으로 이어졌고 그 후 병원에 가서 정밀검사를 하기 시작했다. 모든 것이 다 맞았다.

오묘하신 주님!

친족, 육신의 혈육을 물리치시고 영의 가족들에게 서로 나눔을 가르치신 주님!

형제가 정밀검사를 하자 모든 것이 다 통과였다. 2002년 1월 래리 부부와 맷 부부 넷이 나란히 병원에 들어갔다. 수술은 그 두 사람뿐이었지만 우리 모임 모두에게 주님이 사랑의 흔적을 주셨다. 특히 맷 형제의 가정 속에서 주님이 얻으신 간증은 하늘의 보화처럼 여겨졌다.

수술 후 만 6년이 지난 지금도 래리 형제는 건강하게 우리들 안에서 주님을 나눠주고 있다.

래리 형제가 나눠준 것 중에 내 가슴에 강하게 남는 게 있다.

래리 형제는 화학 계통에 능해서 집에서 샴푸를 만들고 향수도 만든다. 그 형제는 냄새에 민감하단다.

어느 일요일 아침 예배시간에 래리 형제가 일어나서 예레미야 48:11 절을 읽었다.

[모압은 어린 시절부터 편안히 지냈고 자기의 술 찌꺼기 위에 자리를 잡았으며 사람들이 모압을 비우려고 이 그릇에서 저 그릇으로 옮기지도 아니하고 모압이 포로가 되지도 아니하였으므로 그 안에 그 맛이 남아 있고 그 냄새도 변하지 아니하였도다.](n KJV)

래리 형제가 말했다.

"나는 내 냄새를 이대로 가지고 주님께 나아가고 싶지 않다. 주님을 만날 그 날 주님의 향기를 가지고 있는 자로 주님 안에서 발견되기 위해 오늘 주님이 내안에서 찌꺼기들을 이 그릇 저 그릇으로 옮기시는 일을 멈추시지 마시기를 간절히 기도한다."

형제의 나눔으로 인해 큰 감사가 있었다.

어느 누가 자기 냄새를 가지고 주님 앞에 서고 싶겠는가.
그러나 오늘 나의 작은 결정이 내 냄새를 끌어안고 있게 한다는 것을.
모든 것에 능하시고 완벽하신 주님!
당신으로 채우게 하십시오. 오직 당신으로.

주님! 당신은 너무나 좋으신 분입니다.

다윗을 생각하다

사무엘상27:1

[다윗이 마음속으로 이르기를, "이제 내가 언젠가는 사울의 손에 멸망하리니 블레셋(팔레스타인) 사람들의 땅으로 빨리 도피하는 것보다 더 좋은 것이 내게 없도다. 사울이 이스라엘 온 지경에서 나를 찾다가 단념하리니 내가 이와 같이 그의 손에서 도피하리라, 하고."](n KJV)

이렇게 생각하고 팔레스타인 땅으로 내려간 것이 과연 주님이 원하셨던 것일까?

나는 계속 혼자 생각해 보았다. 물론 정답은 주님만이 알고 계시겠지. 그러나 그 후의 일들을 읽어보면 내 마음에서는 다윗의 좋은 아이디어였던 것처럼 느껴진다. 이어지는 29장에서는 팔레스타인과 이스라엘이 전쟁을 하게 되고 하마터면 팔레스타인 편에 서서 동족을 죽여야 할 뻔했다. 또 30장에서는 살고 있던 거주지에 돌아가 보니 아말렉 사람들이 다윗과 함께 하던 사람들의 모든 여자들을 모두 잡아가 버린다. 그 때 다윗의 두 아내도 같이 잡혀갔다.

여호와께 묻고 뒤쫓아 가서 다시 잃은 것 없이 모두 데려온다. 이 일을 보면 겪지 않아도 될 일들을 겪은 것은 아닐까 하는 생각도 들었다.

그러나 우리는 정작 어떤가. 우리 안에서 벌어지는 많은 일들이 정말 주님이 우리에게 주신 것일까. 지금 겪고 있는 아픔과 고통들이 정말 주님으로 인해 우리가 겪고 있는 것일까. 나의 좋은 아이디어 때문은 아닌가. 하나님의 마음에 합한 다윗이라면 하물며 우리는 어떻겠는가.

내가 너무도 옳다고 느꼈던 그 감정조차 누군가와 부딪히는 그 순간 주님께 나아가면, 그 순간 주님께 내려놓았으면 쉽게 끝날 일도, 시간이 지나면 지날수록 더 단단해진다. 돌이키기 어려워진다.

그러나 돌이키고 나서는 또 얼마나 후회스러운가. 오늘이라는 시간이 영원히 있을 것 같지만 우리는 끝을 향해 달려가고 있는 것이다. 주님께 들림을 받든 안 받든 주님을 사랑하든 안 하든 세상의 모든 사람이 주님의 심판대 앞에 설 것이다.

부모로서 너무나 쉽게 실수할 수 있는 게 아이들의 문제이다. 우리들의 머릿속에서는 쉬지 않고 좋은 아이디어를 만들어 낸다. 특히 아이들에 대해서 우리는 얼마나 강한가.

아이들을 좋은 대학에 보내 사회의 일원으로 인정받게 키우려 하기보다는 아이들이 주님 앞에 설 수 있도록 키워야 하지 않겠는가. 이 잠깐 있다 가는 세상보다 영원히 있을 세상을 위해 키워야 하지 않겠는가.

만약 하나님의 사람 다윗이 실수한다면 우리는 죽어도 안 할 수 없다. 아니 진실로 우리가 죽으면 안 할 수 있으리라. 진실로 우리가 이

의미대로 생활 속에서 죽음을 실체화하며 살 수 있다면 우리는 엄청난 복을 받은 자들이리라.

　모든 것의 열쇠이신 주님께 나아가자.

　순간순간 깨어서 주님께 여쭤봐야 하리라.

　함께 놓아주신 형제자매들과 같이 주님께 나아가야 하리라.

개똥 사건

우리 집에서는 매번 잘 지켜진다고는 말할 수 없지만 아이들도 각자 맡은 일이 있어서 모두들 집안일을 돕고 있다.

사라죠이는 방 정리, 식탁 정리와 설거지(주로 할머니가 해버리시곤 한다.), 아벨참이는 우유 꺼내오기, 개똥 치우기, 청소기 돌리기.

아벨참이 9살 때였다. 뒷마당에 나가서 개똥을 치우고 들어왔다. 그 당시는 우리 집에서 매주 일요일 오후에 모임의 아이들이 성경공부를 했었다.

한번은 아벨참 친구가 개똥을 밟고 들어와서 온 집안에 냄새가 진동을 했었던 적이 있다. 그 이후부터 나는 개똥 치우는 일에 엄청 신경을 쓰게 되었다. 그 날도 잘 치웠다고 말하는 아벨참을 뒤로 하고 내가 뒷마당으로 나갔다. 역시 9살짜리가 치운 게 오죽하랴 하면서 몇 군데인가 개똥을 발견해서 치우고 있는데 '엄마 전화' 하며 수화기를 들고 아벨참이 마당으로 나왔다. 통화를 끝내고 수화기를 다시 집안에 들여 놓으려고 기다리던 아벨참에게 내가 말했다.

"여기도 있었고 저쪽에도 개똥이 있었어. 이것 봐. 여기도 이렇게 큰

게 있잖아."

그러자 아벨참이 나를 바라보고는 이렇게 말했다.

"엄마 나는 그래도 열심히 했단 말이야. 그러니 개똥이 더 있다면 그냥 엄마가 아무 말도 하지 말고 그냥 치워. 엄마가 여기도 있고 저기도 있다 하니까 내 마음에서 엄마한테 잘못했다고 야단맞는 것 같은 거야. 그러니 엄마가 말없이 치워줘."

야단칠 마음이 아니었음에도 불구하고 아이는 그렇게 느꼈단다.

딱 잘라서 자신의 마음을 표현한 9살짜리 아벨참이를 바라보면서 나는 말을 잃었다. 실제로 개똥이 있기에 "여기도 있다 저기도 있다." 말한 것인데, 버릇없이 엄마에게 이렇게 말하나, 진짜 야단맞는 것을 몰라서 이러지, 마음속으로 생각하는 순간 주님이 말씀하셨다.

"다 맞다. 네가 입으로 표현하지는 않았지만 어느 한 구석에 그 일을 한 아벨참에게는 제대로 못했다고 말한 것과 다를 바가 없게 느껴진 것이 있었고 그 마음을 표현한 아들의 말에 너의 태도는 아이라고 어른에게 그런 말투를 쓴다고 큰 소리를 내려고 하지 않았느냐. 아이가 말했어도 너는 그 말 속에 받아야 할 것을 보아야 한다. 너의 말로 인해 아이건 어른이건 반응을 보이는 것에 대해 너는 받아야 할 것이 있다."

무엇을 기준으로 잘 했고 못 했는가를 판가름 하려느냐고 물으셨다.

있는 그대로 받는다는 것은 내 생각에서 인정이 되는 범위에서의 용납이 아니라 그 사람이 한 그대로를 말없이 받는 것이라고 하셨다. 주님께서 바로 나를 그렇게 받으셨다고 하셨다.

"그렇게 느끼게 했다면 엄마가 미안! 다음에는 엄마가 아무 말도 안

하고 치울게."라고 순순히 아벨참에게 말했다.

작은 일이지만 또 배웠다. 주님은 말 못하는 짐승도 말하게 하신다. 하물며 우리의 아이들이야 더 주님이 쓰시지 않겠는가. 조그만 일 뒤에 감추어져 계신 성령의 음성을 나는 오늘 또 듣기를 원한다. 눈에 보이는 대로 반응하지 않게 해달라고 얼마나 기도했는가. 그러나 나는 여전히 그렇게 살지 않는가. 한번 십자가에서 죽는 경험을 하면 평생 쉬울 것 같았는데. 사도 바울이 왜 매일 매일 죽노라 라고 했는지 조금 알 것 같다.

주님!
부디 당신의 음성에 귀를 기울이게 해 주십시오.
감정이 어떠하건 즉시 순종하게 하십시오.
당신 앞에서 당신처럼 있는 그대로 형제자매들을 받을 수 있게 가르치십시오.
당신의 눈으로 보게 하시고 당신의 귀로 듣게 하십시오.
당신이 무엇을 주셔서가 아니라, 그저 당신이 우리와 함께 계시기에 너무나 감사합니다.
우리 안에서 역동적으로 움직이시는 주님!
오늘 지금 저희의 마음을 다스리십시오.

문밖에 서서 문을 두드리시는 주님

요한계시록 3장 20절

[볼지어다. 내가 문 앞에 서서 두드리노니 누구든지 내 음성을 듣고 문을 열면 내가 그에게로 들어가 그와 함께 만찬을 먹고 그는 나와 함께 먹으리라.](n KJV)

일요일 예배에서 한 형제가 이 구절을 읽었다.

너무나도 유명한 구절이 아닌가.

갑자기 주님이 물으셨다.

"너는 어떤 노크 소리를 기다리고 있니?"

"내가 두드리면 어떤 소리가 날 것 같으니?"

생각해 보았다. 어떤 소리가 주님이 문을 두들기시는 소리일까?

집에 와서 사라죠이와 아벨참이에게 물었다.

"분명한 것은 저 문밖에 서서 똑똑 두들기시는 것은 아닐 거야."

아벨참이가 말했다.

"정말 어떤 소리일까? 엄마는 알아?" 사라죠이가 물었다.

"사라죠이야, 너도 자주 듣는 소리란다." 나는 주님이 들려주신 답을 알려주었다.

　우리가 아무 소리도 안 들릴 때는 이미 주님이 우리와 함께 계시기 때문이란다. 그러나 어떤 일로 우리가 주님을 밀어내곤 한다. 우리의 육신이 너무 강해서 드세게 난리를 치면 주님은 조용히 밀려가시지. 그리고는 노크를 하신다. "나를 넣어달라고. 내가 밖에 있단다," 하시지.

　즉 마음속에서 화, 분노가 치밀어 올라오는 그것이 주님의 노크 소리란다. 소리를 지르지 말고 화를 내지 말고 즉시 주님께 문을 열어드려야 한다. 문을 열어드린다는 것은 주님을 떠올리며 잠잠히 있는 것이다. 주님께 그 순간을 맡기는 것이다.

이렇게 내게 속삭여 주신 주님!
당신에게만 계속해서 문을 열어드릴 수 있기를 기도합니다.
나 자신의 감정에 매이지 않게 주님! 자비를 베풀어 주십시오.
당신 한 분으로 인해 온전히 자유하게 하십시오.

나오미와 룻

시어머니와 며느리의 관계다. 시어머니 나오미로부터 며느리 룻은 삶에 크나큰 영향을 받는다. 한국의 얼마나 많은 어머니들이 나오미를 묵상했을까. 나도 곧 시어머니가 된다.

일 년 넘게 우리 집에서 같이 살던 유형제님의 둘째 딸 미나와 훈이가 3개월간의 기도 끝에 결혼을 약속했다. 나로서는 너무나도 기뻤고 감사했다. 이미 일 년 넘게 같이 살아온 미나는 마치 나의 큰 딸 같았다. 나는 입으로 표현은 안했지만 마음으로 계속 미래의 며느리를 위해 기도했었다.

8년 만에 만난 훈이가 자기의 가슴속에 진짜 엄마는 할머니라고 딱 잘라 말했을 때부터 나는 기도를 시작했다.

"주님! 당신이 저와 훈이의 관계를 너무나 잘 아시니 부디 훈이와 저 사이에서 당신처럼 평화의 다리가 되어 줄 자매를 주십시오."라고.(이 못난 엄마를 이 모습 이대로 사랑하고 또한 훈이를 사랑하는 그런 자매.)

이 미래의 며느리가 바로 같은 집에 살고 있는 미나 일 줄이야 꿈에도 몰랐다.

영어 작문시간에 본받고 싶은 사람에 대해 글을 쓰라는 말을 듣고 미나가 글을 쓴 사람의 이름은 '인애' 바로 나였다. 일 년 넘게 같이 살면서 미나의 눈에 내가 본받고 싶은 사람으로 비췄다는 것은 전적으로 주님의 자비이시다. 나는 깜짝 놀랐고 무척 기뻤다.

미나에게서 '나' 에 대해 쓴 2장의 에세이를 받은 날 신기하게도 똑같은 날 아들 훈이에게서도 편지를 받았다. 매일 만나는 훈이에게서 이렇게 감사의 편지를 받을 줄이야.

양쪽 주머니에다 두 사람의 편지를 각각 넣고 나는 표현할 수 없을 정도로 행복했다. 그 날 나는 양 주머니 속의 편지를 만지면서 두 사람이 다정하게 함께 있는 모습을 환상처럼 보았다.(그때는 두 사람이 서로를 놓고 기도조차 하지 않을 때였다. 이 일이 있은 후 두 달 뒤 처음으로 이 두 사람은 서로를 놓고 기도하기 시작했다.) 내 기도대로 미나에게 주님께서 훈이와 또한 나를 사랑하는 마음을 주셨다. 양가 부모 밑에서 곱게 자란 미나와 제멋대로 들 나귀처럼 자란 훈이가 어떻게 하나가 되어갈지, 주님만이 하실 수 있는 일이다.

오늘 아침에는 미나와 단 둘이 걸었다. 사라죠이가 초콜릿 과자를 굽고 싶은데 초콜릿이 없다 해서 운동 삼아 슈퍼까지 작은 배낭을 메고 걸었다. 차로 가면 10분 거리를 왕복 한 시간 가까이 같이 걸으며 많은 이야기를 나눴다.

주님께서 나에게 같은 믿음 안에서 같은 길을 가는 자매를 주셔서 세상을 다 받은 것보다 더 기뻤다. 그러니 나오미와 룻의 사랑은 얼마나 깊었을까.

나는 이제 시작인데도 이렇게 사랑스러운데 나오미와 룻은 얼마나 많은 일들을 서로 함께 나눴는가. 남편의 죽음을, 아들의 죽음을.

나오미 옆에서 룻은 나오미를 보아왔을 것이다. 꾸밈이 없는 하루하루의 삶 속에서 룻은 자연스럽게 배웠으리라. 하나님을 사랑하는 신실한 나오미를 가슴속 깊이 신뢰하고 사랑했으리라.

두 며느리가 똑같이 옆에서 보았을 텐데 하나는 떠나고 한 며느리는 끝까지 매달린다.(둘은 똑같은 이방인이었건만.) 그 끝까지 매달린 며느리의 계통에서 우리 주 예수님이 나오신다. 예수님의 계통이 나왔으니 생각나는 것이 있다.

다말이라는 며느리 또한 예수님이 나오시는 계통이 된다. 시아버지를 속여 시아버지와의 사이에서 임신한 다말과 창녀 라합, 이방 여인 과부 룻 그리고 마리아 이 네 여인들만이 마태복음 1장에서 유일하게 이름이 거론된다.

어린 처녀 마리아만 빼고는 모두들 세상에서 아무런 희망이 없는 여인들이었다. 희망은커녕 세상이 부끄러워 낮아질 대로 낮아져 있던 여인들이었다. 낮아져 있을 때 주님은 우리를 만나주신다.

세상을 살아갈 아무런 힘도 희망도 없던 나오미, 그 나오미에게 주님이 서로 의지할 룻을 주셨다. 시어머니와 며느리의 관계라기보다는 커다란 아픔들을 통해 하나로 묶여진 자매들인 것이다. 그 나오미에게 주님이 보아스를 알아보는 지혜를 주셨고 룻은 나오미의 말에 순종했다.

"목욕하고 기름을 바르고 잘 모르는 남자의 발치에 가서 누우라"는 나오미의 말이 결코 쉽지는 않았으리라.

룻은 왜 생각이 없었겠는가. 부끄러움이 왜 없었겠는가. 성경속의 이야기들을 너무나 쉽게 아무 감정 없이 읽을 때가 태반이다.

언젠가 던 형제가 이 나오미를 나누어서 너무나 큰 감동을 받았다. 집에서 던 형제의 간증이 들어있는 일요일 예배 테이프를 다시 들었다.

설거지를 하면서 생각했다. 사실 요새 훈이의 취직문제로 마음이 심란했다. 결혼은 불과 두 달 앞으로 다가왔고 아직 새 직장은 없고. 그러나 주님이 말씀하셨다.

"너는 룻이 로보트였다고 생각하니?"

"생각도 감정도 자존심도 없었다고 생각하니?"

"그 모든 것 속에서도 계속해서 순종을 선택한 것이다."

주님이 시작하셨는데 왜 주님께 맡기지 않느냐고 하셨다.

주님!

저의 불신을 용서해 주십시오.

염려하지 마라 하셨는데 또 인간적인 염려 속에 있었습니다.

눈에 보이는 결과로서가 아니라 당신으로 인해 평안하게 하십시오.

이 글들을 정리하며, 영어로 번역하며, 이런 과정 속에서 일 년이 지나갔다. 일 년 사이에 훈이는 좋은 직장에 취직이 되었고 미나와 결혼도 했다. 훈이는 직장생활 열 달 사이에 네 번이나 월급이 올랐다. 밤새 이야기해도 주님의 신실하심을 다 이야기 못할 것 같다. 그저 이렇게 말하고 싶을 뿐이다.

온전히 주님께 맡겨보라!

주님의 신실하심을 와서 맛보라!

당신이 주신 것으로 인해서가 아니라 오직 주님 당신 한 분으로 만족

하기를 가르치십시오!

막크 형제와 마샤 자매

막크 형제와 마샤 자매는 부부로 아이들이 셋이 있다. 막내 딸아이가 갓난아이일 때 멤피스로 이사 왔다. 우리 모임을 알고 이사 온 것이 아니라 그냥 온 것이 우리 동네였다. 막크 형제는 13년간 신학을 공부했다.

우리가 처음 멤피스로 이사 가서 멀리서 막크 형제를 엄마가 보고는 "얘, 저 형제는 어쩜 저렇게 목사님 같으시냐."라고 말했다. 누가 봐도 신실한 형제이다. 장로이신 아버지 밑에서 자랐고 목사가 되는 게 꿈이었다. 그러나 막상 목사가 되니 타협이 없이는 목사직을 할 수 없는 것에 너무나 큰 갈등이 있었단다. 하나님을 기쁘시게 해야 하는데 오히려 장로들을 기쁘게 해야 하는 자신의 처지, 하나님을 기쁘시게 하자니 나중에는 해고당할 것까지 생각 안 할 수가 없었단다.

200명의 신도들에 대한 주님 앞에서의 책임을 생각할 때 자신이 그 책임을 다하고 있지 않다고 느꼈을 뿐만 아니라 조직이 원하는 말을 하지 않고는 목사직을 할 수가 없을 것 같았단다.

매일 전쟁이 일어났단다. 타협을 할 수밖에 없는 자신과 타협을 하고 싶지 않은 자신 사이에서. 자신의 목사직에 대해 결국은 타협하며 살고 있는 자신을 도와달라고 주님께 기도했단다.

형제의 전 인생이 신학, 목회였는데 목사직을 그만두고 나오기가 얼마나 큰 전환이었겠느냐는 내 질문에 형제는 오히려 이렇게 말했다.

"그 때는 흡사 사나운 파도로 인해 요동치는 배 안에 있는 것 같았다."

"만약 자매가 요동치는 배 안에 있다면 무엇이라고 기도하겠는가?"

"나를 인도하시라고 나를 도우시라고 계속 그렇게 기도할 수밖에 없었다."

그러는 와중에 멤피스에 있던 옛 친구와 연락이 되었다. 그 친구는 멤피스의 자기 교회 이야기를 많이 해주었다.

그러던 어느 날 성경을 읽는데 주님이 이사야 27:13절을 보여 주셨단다.

[그 날에 큰 나팔을 울려 불리니 앗수르 땅에서 파멸케 된 자와 에굽 땅에서 쫓겨난 자가 돌아와서 예루살렘 성산에서 여호와께 경배하리라.]

자신이 지금 있는 곳이 예루살렘이 아니라는 것을 말씀하셨고 지금의 자기에게는 멤피스가 예루살렘이라고 말씀하셨단다.

그러나 정작 멤피스에 오니 처음에는 직장을 못 구해서 고생이었다. 친구가 빌려준 집에서 살면서 찾은 직장이 쓰레기통을 만드는 회사였단다. 쓰레기통을 만드는 과정에서 찌그러지거나 모양이 잘못 나온 것들을 망치로 두들겨 펴는 게 하루 종일의 일이었단다. 두 달 정도 그 일을 했는데 다른 친구가 과자 자판기 기계에 과자 채우는 일을 알선

해 주었단다.

새벽 4시 반부터 저녁 7시까지 자판기들마다 찾아다니며 과자를 채우는 일을 했다.

목회를 그만두고 이 일 저 일을 하면서 일요일마다 이 교회 저 교회를 찾아다니면서 딱 하나의 기도가 강하게 계속 마음에 있었단다.

"주님만을 사랑하는 성스러운 무리들을 만나게 해주십시오. 다시오실 당신을 위해 함께 준비되어 갈 수 있는 그 무리들을 만나게 해주십시오."

이 부부를 보면서도 주님이 얼마나 신실하신지를 알 수 있다. 이 기도를 주님은 다 듣고 계셨던 것이다.

흑인 교회도 갔었단다. 주일에 가만히 집에 있을 수는 없어서. 친구교회도 안 나가니 그 친구 집에 있을 수가 없어서 이사를 하게 되었고 그러다가 막크 부부가 이사 온 곳이 바로 우리 형제자매들이 모여 사는 우리 모임 한가운데였다.

앞집에 살던 우리 모임의 신실한 자매가 친절하게 도와주었다. 너무 도움을 많이 받아 미안해서 한번만 가보자고 해서 나오기 시작한 것이 오늘이 되었단다. 그 첫 일요일에 어떤 형제가 '성스러움'에 대해서나누었단다.

지금도 그 첫 일요일을 막크 형제는 너무 자세하게 기억하고 있었다. 그리고 모두들 너무나 친절해서 막크 형제가 이렇게 말했단다.

"우리는 여기 계속 나올 사람들이 아니니 너무 부담스럽게 친절하게 대하지 말아 달라."고. 그러자 한 형제가 대답하기를 "어디에 가든지, 여기를 나오든지 안 나오든지 주님 안에서 우리가 한 형제자매니 친절 안 할 수가 없고 기뻐 안 할 수가 없지요."

이번 한 주만, 이번만 더 가보자, 하다가 언제부턴가 다른 모임이나 다른 교회를 가 볼 마음이 다 없어져 버렸단다.

막크 형제의 가족들은 13년째 우리 모임 안에서 살고 있다. 가끔 어떤 사람이 묻는단다. 형제는 다시 목사가 되어 설교하고 싶은 마음이 없느냐고. 막크 형제는 지금의 모든 것이 감사요 축복이라고 말했단다.

마샤 자매도 남편이 언젠가는 다시 목사가 되려니 라고 생각했었단다. 울기도 많이 울었고, 커다란 저택에서 목사 사모였었는데, 쓰레기통 회사에, 자판기 회사에, 자기 남편과는 너무 안 맞는다고 생각하며 주님께 기도했단다. 주님이 인도하시라고. 돌아보니 그 모든 것이 주님의 자비의 손길이었기에 너무나 감사하다고 말했다.

지금 막크 형제는 홈스쿨 협회에서 홈스쿨에 대한 상담을 해주고 있다.(목회처럼 어떤 의미에서는 사람들을 인도하고 있다고 말하면서 웃었다.) 직원들 모두 주님을 사랑하는 형제자매들이다. 아들 둘은 홈스쿨을 거쳐 둘 다 4년 장학금을 받고 대학에 들어갔다. 우리 안에서 없어서는 안 될 귀한 형제자매이기에 주님이 이렇게 해서 이 모임으로 인도하셨나 보다.

그러나 분명히 하고 싶은 것이 있다. 내가 있는 모임만이 성스럽고 이 모임만이 주님을 사랑한다는 것이 아니다. 이 세상 수많은 무리들이 어딘가에서 성스럽게 모이고 있을 것이고 주님을 온 마음으로 사랑하고 있을 것이다. 우리도 그 수많은 무리 중에 아주 적은 하나이리라.

과거가 어떻건 우리가 어떤 자였건 주님에 대한 간절한 마음과 진정한 기도만 있다면 주님은 끝까지 우리의 발걸음을 인도하신다. 처음부터 끝까지를 알고 계신 주님께 나아가자. 우리를 만드신 주님께 작은 것부터 큰 것까지 하나하나 여쭤보자. 지금 이 순간 마음의 귀를 열고 주님의 음성을 듣자.

노아의 방주

모두들 노아가 미쳤다고 생각했다. 비를 모르니 비가 온다는 것을 상상도 못했으리라.

먹고 마시고 있는 자기들에 비해 땀을 흘리며, 본적도 없는 알지도 못하는 것을 만드느라 일을 하고 있는 노아가 한심스러웠으리라. 노아 한 사람으로 인해 자식들과 며느리들 그리고 부인은 그 방주 안에 들어갔다.

모든 사람이 죽었다. 노아의 가족 8명만이 살아남았다. 방주는 세상으로부터의 구원을 의미한다. 세상의 멸망으로부터 구원을 받은 노아 가족, 노아 한 사람으로 인해 7명이 같이 살아났다. 형제 하나로 인해 온 집안이 구원을 받았다. 그 아이들이 영적으로 어땠는지 노아의 부인이 어떠했는지 성경에는 설명이 없다. 그러나 남편이 세상 사람과는 전혀 다른 엉뚱한 일을 하는데도 그 부인은 반대하지 않았다. 아들들도 아버지를 도왔다. 당신이라면 남편이 사람 눈에 합당하게 보이지 않는 일을 할 때 어떻게 하겠는가. 남편이 바보스럽게 보일 때 어떻게 하겠는가. 자기 아버지가 이해가 안 가는 일을 시킬 때 당신은 어떻게 하겠는가.

감사하게도 노아는 하나님의 사람이었다. 노아를 보고 가족들이 하나님을 느꼈던 것이다. 당신을 보고 당신의 가족들이 하나님을 느낄 수 있을까. 생각해 보자.

하나님의 사람 노아의 가족이었다는 이유로 그 집 식구들이 구원을 받았다. 당신 한 사람으로 인해 당신의 온 집안이 구원을 받게 되는 것이다. 지금 오늘날의 우리들의 방주는 주 예수 그리스도이시다.

그러나 한편 각 가정이 방주를 짓기를 원하시지는 않으실까. 각 가정의 아빠들이 노아처럼 그 가족을 세상의 온갖 유혹으로부터 이끌어내는.

그러나 오늘날 우리들의 모습은 슬프기만 하다. 아들 성공시키려고 미국 유학까지 보냈더니 그 아들이 돌아와서 부모를 죽였다. 자식 잘 키워보려고 미국으로 이민 와서 열심히 노력했건만 그 아들이 세상을 떠들썩하게 한 대형학살사건의 장본인이 될 줄이야.

정말 우리는 방주를 짓고 있는 건가. 누가 방주를 짓고 있는가. 그 누가 자신의 가정이 망가지기를 원하겠는가. 그러나 원하든 원하지 않든 우리들의 하루하루 순간순간의 선택으로 인해 내일이 결정된다. 지금 오늘 우리가 주님께 배우지 않으면, 주님께 나아가지 않으면 우리는 언젠가 엄청난 아픔을 겪게 될지도 모른다.

당신은 지금 이 순간 무엇을 추구하고 있는가. 온 가족이 모여 있는 지금 아니 아직 온 가족이 살아있는 지금 다시 주님 앞에서 함께 배우자.

오늘 하루를 어떻게 살면 우리 집이 방주가 될 수 있는지. 어떻게 우리가 방주를 지어갈 수 있는지. 지혜이신 주님께 묻고 또 묻자. 우리의 모든 것이 되시는 주님께 매일 매일 매달릴 수만 있다면.

노아의 방주는 죽음을 이긴 부활 생명을 의미한다. 아빠가 부활 생명으로 살 때 아이들이 본다. 머리로 아는 것과 눈으로 보는 것에는 엄청난 차이가 있다. 입으로 아무리 가르쳐도 내가 그렇게 살지 않으면 아이들이 절대로 알 수가 없다.

서로 사랑하라 하신 주님의 말씀대로 그 사랑 때문에 자신을 수술대 위에 올린 어떤 형제처럼 주님의 말씀이 오늘도 우리 안에서 육신이 되시기를 간절히 기도하자. (요한복음 1:14)

주님!
맑은 날에 방주를 지으라고 노아에게 말씀하셨듯이 주님 말씀해 주십시오.
세상이 알지 못해도 남들이 비웃어도 주님! 당신과 함께 걷게 하십시오.
설사 제 자신조차 납득이 되지 않아도 당신의 인도하심 속에 온전히 맡기게 하십시오.
오늘 당신께 한 발자국 더 나아가 사랑을 고백하게 만드십시오.
서로가 모임 속의 하나하나의 가정을 위해 기도하게 하십시오.
한 가정 한 가정이 당신의 영광을 드러내게 하십시오.
우리를 살리신 주님!
피 값으로 사신 어느 생명 하나도 자기 육신의 길을 쫓지 않게 자비로 막으십시오.
주님! 노아가 들었던 것처럼 저희의 형제들이 당신의 음성을 듣고 온전히 당신만을 따르기를 저희 자매들로 하여금 형제들을 위하여 기도하게 하십시오.

맑은 날에 배를 만들게 하신 주님!

저희들도 준비시켜 주십시오. 당신이 오실 날을.

예루살렘 재건축

우리는 지금 마지막 때에 살고 있다. 요한계시록의 새 예루살렘이 벌써 거의 다 이루어져 가고 있을지도.

느헤미야를 읽는데 너무나도 감동적인 곳이 있었다.

이스라엘 민족이 성전을 재건축하는 것에 엄청나게 큰 방해를 받았다. 느헤미야 4장 11절을 보고 특히 '알지 못하고 보지도 못하는 사이에'라는 표현에 소름이 끼쳤다. 이 11절을 조용히 마음으로 묵상해보라.

"성벽을 보수하고 있는 자들이 알지도 못하고 보지 못하는 사이에 우리가 저희들 중에 들어가서 죽이고 성벽 보수하는 것을 멈추게 하리라."

흡사 이 말들이 지금 우리들에게 말하고 있는 것처럼 들렸다. 너무나도 사실이 아닌가. 지금 너무도 많은 주님의 피 값으로 산 자들이 자기 자신들이 무엇을 하고 있는지도 모르고 있지 않는가. 눈에 보이는 대로 반응하며 살고 있지는 않는가.

아, 우리가 어떻게 해야 할까? 느헤미야 4장 13절-23절 까지를 읽어 보라.

[그러므로 내가 성벽 뒤 낮은 곳과 높은 곳에 백성을 세우되 그들의 가족대로 칼과 창과 활을 가진 채 서게 하고 내가 돌아본 뒤에 일어나서 귀족들과 치리자들과 남은 백성들에게 이르기를, 너희는 그들을 두려워하지 말며 위대하시고 두려우신 주를 기억하고 너희 형제와 아들딸과 아내와 집을 위하여 싸우라, 하였느니라. 그 일이 우리에게 알려졌다 함을 우리의 원수들이 들으니라. 하나님께서 그들의 계략을 허사로 만드셨으므로 우리가 다 성벽으로 돌아와서 각각 자기 일을 하였는데 그때로부터 내 종들의 절반은 그 공사에서 일하고 다른 절반은 갑옷을 입고 창과 방패와 활을 가졌으며 치리자들은 유다의 온 집 뒤에 있었고 성벽을 건축하는 자들과 짐을 나르는 자들은 짐 지는 자들과 더불어 다 각각 한 손으로 일을 하며 한 손에는 병기를 잡았으니 이는 건축하는 자들이 각각 옆에 칼을 찬 채 건축하고 나팔 부는 자가 내 곁에 있었음이니라. 내가 귀족들과 치리자들과 남은 백성에게 이르기를, 이 공사는 크고 광대하여 우리가 성벽 위에서 서로 멀리 떨어져 있으니 그러므로 너희가 어디서든지 나팔 소리를 듣거든 거기로 모여서 우리에게로 나아오라. 우리 하나님께서 우리를 위하여 싸우시리라, 하였느니라. 이와 같이 우리가 이 공사에서 수고하였더니 그들의 절반은 동틀 때부터 별이 보일 때까지 창을 잡았으며 그때에 내가 또 백성에게 이르기를, 사람마다 자기 종과 함께 예루살렘 안에 머물라, 하였으니 이것은 그들로 하여금 밤에는 우리를 위하여 파수를 보게 하고 낮에는 수고하게 하려 함이었더라. 이와 같이 나나 내 형제나 내 종이나 나를 따라 파수하는 사람들이나 우리 가운데 어느 누구도 빨려고 벗는 경우 외에는 옷을 벗지 아니하였느

니라.](n KJV)

몇 번이고 읽어 보자. 그리고 또 읽어 보자. 이들이 어떻게 성벽을 재건축하였는지를. 지금 우리 시대가 바로 이런 시대이건만 우린 지금 무엇을 하고 있는가. 전신갑주를 입으라는 주님의 음성을 들었는가. 한 손으로 무기를 들고 한 손으로 일을 하고 있단다. 가족 단위로 일을 맡기시고 계신단다. 한 가족 한 가족의 거리가 멀어서 나팔 소리를 들어야 한단다. 그 나팔 소리를 들은 사람들은 모여서 함께 싸운단다. 당신의 가족은 주님의 일을 맡고 있는가. 당신은 나팔 소리를 아는가.

주님!
당신으로 인해 저희들이 온전히 무장되어지기를 간절히 원합니다.
저희들은 아무 것도 할 수 없지만 주님 당신이 하실 수 있습니다.
이 순간에도 당신을 바라보며 당신으로 인해 살게 하십시오.
옷도 벗지 않고 무기를 손에서 놓지 않은 이들처럼 주님 저희들을 준비시켜주십시오.
가족의 모든 중심이 당신의 성전이었던 이들처럼 주님 저희들을 일깨워 주십시오.
저희 가족이 오늘 하루를 어떻게 살아야 하는지 주님! 가르쳐 주십시오.
당신 안에서만이 온전한 하나 됨이 있음을 생활 속에서 계속 체험하게 하십시오.
이들이 하나 되어 당신의 집을 지은 것처럼 저희들도 하나 되어 당신

의 집을 지어가게 하십시오.

은혜로우신 주님! 감사합니다.

구더기인 저희가 당신의 성스러운 집의 멤버들이 될 수 있다니 말입니다.

나는 쉬어 빠진 콩나물국 속의 콩나물

어릴 적부터 나는 콩나물을 좋아했다. 사람마다 식성도 성격도 다르다. 고기보다도 생선보다도 싸구려 콩나물이 좋았다. 미국에 살면서도 햄버거보다는 언제나 한국음식을 선호하며 살고 있는 나. 80 노인이 되어버린 엄마가 오히려 나보다 더 고기를 즐기신다.

지난주에 조카 재환이가 한국 가게에서 콩나물을 사다주었다. 소고기를 넣고 마늘을 다져 넣고 맛있게 국을 끓였다. 저녁에 다시 먹으려고 보니 벌써 부글부글 거품이 있는 게 심상치 않았다. 누군가가 먹던 수저를 국속에 넣었던 모양이다. 맛을 보니 역시 쉬어 버렸다. 쉬어 버렸지만 그냥 버리기가 아까워서 물에 담가두었다가 잠시 후 몇 개를 꼭 짜서 먹어보니 괜찮을 것 같았다. 소고기는 다 버리고 콩나물만 물에 넣었다 짰다 해가면서 몇 번을 헹구어 냈더니 먹을 수 있을 것 같았다. 밥을 퍼서 그 위에 고추장을 크게 한 숟갈 넣고 꼭 짠 쉬어버린 콩나물을 얹는 그 순간 마음에서 이런 음성이 들렸다.

"너는 왜 그렇게 쉬어 빠진 싸구려 콩나물을 아까워하는 거니? 비싼 소고기는 쉽게 버리면서."

나는 즉시 대답했다.

"저는 너무나 콩나물을 좋아하거든요. 소고기는 안 먹어도 되지만, 그러나 이 콩나물을 버리면 계속 생각날 거예요."

그러자 다시 이런 음성이 들렸다.

"그렇지 너도 설명할 수 없이 네가 좋은 게 있듯이 나도 그렇단다. 소고기가 콩나물보다 비싸듯이 너보다 더 잘나고 너보다 더 예쁘고 너보다 더 흠도 적은 사람들은 많지만 나는 쉬어 빠진 콩나물 같은 흠이 많은 너를 좋아한다."

쉬어버린 콩나물에 고추장을 넣고 막 비벼 먹으려던 손길이 멈춰버렸다.

아 주님! 이건 전적으로 당신의 선택이시고 당신의 자비이십니다. 내가 어떻게 해서가 아니라는 것을 알았었고, 알고 있으면서도 너무나 많은 때 흡사 내가 무언가 해서 당신이 사랑해 주신다고 느낄 때가 있음을 고백합니다.

또 새벽기도를 열심히 나가면, 교회에 열심이면, 마음에서 당신과의 관계가 잘되고 있다고 느끼고 교회를 쉬거나 성경을 제대로 읽지 못했을 때는 당신이 멀리 계신 것처럼 느끼는 것이 오직 저의 감정임을 고백합니다. 제가 그 어떤 상황 속에 놓여 있어도 당신은 변함없이 사랑을 고백하시는 분이십니다. 우리가 무엇이기에 당신은 죽기까지 우리를 사랑하시는지요. 부디 자비를 베푸셔서 제가 어떤 자인지를 계속 기억하게 하십시오. 수채 구멍에 처박혀 질 쉰 콩나물이란 것을 말입니다. 부디 당신을 향한 이 눈길을 멈추게 하지 마십시오.

하나님 아버지의 마음

우리에게는 과거가 있다. 그리고 그 과거 속의 죄들이 어떤 때는 주 예수의 보혈로 다 온전히 깨끗게 되었건만 갑자기 너무도 생생하게 느껴질 때가 있다. 또 어떤 때는 생생하게 그 죄의 냄새까지 풍겨오는 것처럼 여겨질 때도 있다.

하지만 어떤 때는 자신의 과거는 아름답게 여겨지고 다른 사람의 과거의 냄새에는 민감할 때가 있다. 특히 죄 속에서 살던 형제나 자매가 회개하고 다시 돌아왔을 때 감사와 찬송이 있는 한편 또 다시 저 형제나 저 자매가 과거의 죄로 돌아가지 않을까 하는 염려가 생긴다. 바로 이 때 온전히 주님께 의지하지 않으면 우리는 또 아버지를 아프시게 하게 된다. 우리 각 사람의 아버지이신 하나님 아버지 외에는 그 누구도 그 과거의 죄로 그 형제나 그 자매를 판단해서는 안 된다고 하신다. 그것은 오직 하나님 아버지께서 하실 수 있으며 우리가 과거의 죄를 들먹거릴 때 또는 그 형제나 그 자매를 다른 형제나 다른 자매와 비교할 때 아버지는 가슴이 찢어지게 아프시다 하신다.

제대로 가르치지 못한 큰아이 훈이의 과거의 죄를 다른 누군가가 다시 들먹였을 때 나는 그저 울었다. 자신의 죄로 인해 울던 아픔과는 비교도 안 되는 아픔이었다. '내 자식'이라서, 그 누가 남의 자식을 판단하는 것인가, 그 누가 미래를 안단 말인가. 여러 감정이 곁들여진 견딜 수 없는 아픔이었다. 아파하며 우는 내게 주님께서 물으셨다.

"너도 아프냐? 그러니 내 마음은 어떻겠느냐?"

제멋대로 살던 훈이가 있기에 나는 오늘 아주 조금이나마 아버지의 마음을 알게 되었다. 형제자매가 서로를 판단할 때, 비난할 때, 주님의 마음이 아닌 자기 자신의 마음으로 형제자매를 대할 때 아버지는 통곡하신다.

죽기까지 사랑하신 당신의 자식이 사랑받지 못하는, 받아들여지지 못하는 그 아픔이 지금 다시 생생하게 아버지를 찌른다 하신다.

주여! 부디 당신의 마음을 품게 하십시오.
당신의 마음이 아닐 때는 차라리 저희들의 입을 막으십시오.
당신의 자비로 형제나 자매를 나 자신보다 더 낫게 여기게 해주십시오.
주님의 자비와 사랑이 오늘 저희들의 마음을 온전히 주장하시길 간절히 빕니다.
아직 '오늘'이 있는 이 날, 참된 회개의 고백과 용서와 사랑이 넘쳐나는 당신의 집으로 저희들을 지어가시길 간절히 기도합니다.

완전하신 주님

주님이 너무도 완전하셔서 깜짝 놀랐고 그리고 무척 감사했던 일이 있었다. 살면서 우리가 여러 일을 겪게 된다. 그리고 대부분은 잊어버린다. 가슴에 남는 것은 무엇인가 까닭이 있기 때문일 것이다.

나는 이 일을 까맣게 잊고 있었다. 어제 아침에 천둥번개가 무섭게 쳤다. 그 무서운 천둥치는 소리에 그 사건이 새삼스럽게 떠올랐다. 그 천둥소리가 흡사 왜 이것을 형제자매들과 나누지 않느냐고 꾸짖으시는 것처럼 내 귀에 들려왔다. 그 일이 바로 천둥 번개로 인해 마무리 지어졌기에.

4~5년 전쯤인 것 같다. 한국에서 목회를 하시다가 미국으로 들어오셔서 다시 목회를 하셨건만 결국은 모든 것을 정리하고 한국으로 들어가시는 형제님이 멤피스의 우리 집까지 이삿짐 박스들을 차에 싣고 오셨다. 살고 계시던 곳에서 짐을 맡길 곳이 마땅치 않으셨고 또 쓰시던 차를 팔지 못하신 것이다. 짐들은 우리 집 차고에 들여놓고 차는 집 앞에 세워놓았는데 형제님이 계시는 며칠 사이에 팔지 못하면 우리가 팔아드리겠다고 했다. 그러나 한편 마음에서는 내 차 팔기도 어려운데.

안 팔리면 어쩌나, 또 다른 차가 지나가다가 충돌하면 어쩌나, 실제로 집 앞에 세워놓았던 우리 차를 누군가 접촉 사고를 내어 차가 우그러진 적이 있었다. 그렇게 되면 모든 책임을 우리가 져야할 텐데. 그러나 주님은 그 형제님의 어려움을 우리 일처럼 받아서 도와주라 하셨다. 차를 파는 것도 가격이 맞아야하는데, 실제로 차를 보고 마음에 들어 사겠다는 모임안의 서양 형제가 있었다. 그러나 그 형제가 사겠다는 가격과 꼭 받아야 할 가격이 맞지 않았다.(은행에 갚아야 할 금액이 있었고.) 단돈 10만 원이라도 더 받아드리고 싶었다. 아무런 진전도 보지 못하고 그 상태에서 멈추었다. 이곳에 계시는 동안에 빨리 팔아드리고 싶었는데.

결국 차를 못 팔고 한국으로 돌아가시게 되었다. 한국으로 떠나시는 그 전날, 천둥번개가 우리 집의 나무 울타리를 넘어뜨렸다. 마침 이 형제님이 손재주가 뛰어나신 분이시라 즉시 응급조치를 해주셨다. 내 성격에 나는 무엇을 더 해달라고 말 못하건만 그 응급조치만으로는 안 될 것 같았다. 이 정도면 한동안은 버틸 거라며 손을 놓으시는 형제님에게 부탁을 드렸다.

"형제님! 너무도 죄송하지만 손대셨을 때 아주 끝마쳐주세요. 형제님이 떠나시기 전에 이 일이 벌어져서 형제님이 고쳐주실 수 있는 것이 너무도 감사하네요. 힘드시고 어려우시겠지만 이 울타리를 완전히 마무리 지어주셨으면 좋겠어요."

하필이면 형제님이 떠나시기 전날 천둥번개가 울타리를 내려쳐서 형제님을 힘들게 하나 생각하면서도 형제님께 부탁할 수 있어서 한편으로는 감사했다. 형제님은 울타리를 말끔하게 손질하시고 그 다음날 떠나셨다.

차고에 있는 짐이야 아무래도 좋지만 집 앞에 세워져있는 차는 큰 부담으로 다가왔다. 남편과 함께 기도하며 계속 주님께 물었다. 사고 싶어 했던 서양 형제에게? 싸게라도 팔아야하는 것인가요 라고. 한편에서는 아직 임자가 있을 때 싸게라도 팔아버리면 우리 책임이 없어지니(우리 집 앞에 세워놓고 있는 부담) 좋을 듯했다. 또 그 차를 비싸게 팔든 싸게 팔든 우리에게는 전혀 관계가 없지 않느냐는 소리도 들렸다. 그러나 기도를 하면 평안이 없었다. 서양 형제는 정말 사고 싶어 하는데 남편과 내안에서는 도무지 평안이 없었다.

다음 날 회사에서 돌아온 남편이 말했다. "차를 사려고 하는 사람이 있어. 내일 저 차를 가지고 출근해야 할 것 같아. 리차드 라고 알지? 그 사람, 지난번 천둥 번개 때 집 앞의 나무가 차 위로 쓰러져서 지금 차를 사려고 알아보고 있대." 나는 너무도 기뻤다. "그래요. 내일 저 차로 출근하세요. 우리 같이 주님께 부탁드려요." 우리 부부는 함께 주님께 기도했다. 이 차가 천둥번개로 인해 팔리게 된다면 완전히 주님의 손길이 아니고 무엇이겠는가. 정말로 그 사람이 차를 샀다. 그것도 "적어도 이 금액은 꼭 받아주세요"라고 부탁하고 가신, 형제님께서 원하셨던 금액보다 50만원이 더 많은 금액에. 형제님이 떠나시고 일주일도 지나지 않아서 차가 팔렸다. 쓸데없는 걱정들이 우습게 여겨졌다. 주님이 하라하시면 주님이 다 책임지시지 않는가. 천둥번개를 보내서서 차를 팔아 주셨다. 차 주인인 형제님이 울타리를 고치는 수고는 있었지만. 너무도 완전하신 주님이 아닌가!

오묘하신 주님!

오직 주님의 음성에 귀를 기울이며 살기를 원합니다. 내 눈앞의 이익이나 원함에 의한 선택이 아니라 오직 당신의 음성에 따라 순종하며 살게 하십시오.

나사로

요한복음 11장 39절-44절

예수께서 가라사대 돌을 옮겨놓으라 하시니 그 죽은 자의 누이 마르다가 가로되 주여 죽은 지가 나흘이 되었으매 벌써 냄새가 나나이다. 예수께서 가라사대 내 말이 네가 믿으면 하나님의 영광을 보리라 하지 아니하였느냐 하신대 돌을 옮겨놓으니 예수께서 눈을 들어 우러러보시고 가라사대 아버지여 내 말을 들으신 것을 감사하나이다. 항상 내 말을 들으시는 줄을 내가 알았나이다. 그러나 이 말씀 하옵는 것은 둘러선 무리를 위함이니 곧 아버지께서 나를 보내신 것을 저희로 믿게 하려 함이니이다. 이 말씀을 하시고 큰 소리로 나사로야 나오라 부르시니 죽은 자가 수족을 베로 동인 채로 나오는데 그 얼굴은 수건에 싸였더라 예수께서 가라사대 풀어 놓아 다니게 하라 하시니라.

린다자매가 남편 라일형제에게서 들은 나사로의 냄새나는 베(수족을 동인) 이야기를 해주었다. 함께 호숫가를 걸으면서 우리 하나 하나가 너무도 다른데 어떻게 서로 받아들이고 서로 섬기며 사랑하는가에 대해 나눌 때였다. 죽은지 나흘이나 지난 나사로가 주님의 음성을 듣고 걸어 나오지만 냄새나는 베는 여전히 수족을 동이고 있었고 누군가가 옆에서 그 냄새를 참고 한 겹 한 겹 벗겨내어 주어야만 한다는… 이야기를 듣는 순간 나는 나 자신이 나사로이고 또 내 옆의 형제자매가 또 나사로라는 마음이 들었다. 우리 모두 주님의 음성을 듣고 나아오지 않았는가… 그러나 냄새나는 육신을 그대로 끌어안고 있지는 않는가… 내가 그 자매 그 형제의 육신의 어떠함을 받은 그 상태로 그들이 주님안에서 온전한 영적 자유를 누리게 도와줄 수 있다면… 시작도 끝도 주님의 음성을 들을 때 비로소 이루어진다. 나오라 부르신 주님이 또 풀어 놓아 다니게 하라 하신다. 나사로 혼자 그 냄새나는 베를 벗어 던진 것이 아니다. 주님의 음성을 듣고 주님 앞에 서있었지만 수족은 동여져있었다. 나사로가 자신이 죽었는지 살았는지 매여져 있는지 냄새가 나는지 생각하고 있었겠는가? 그저 주님의 음성을 듣고 오직 순종한 것뿐이리라. 나는 시체 썩는 냄새를 맡아본 적이 없다. 분명한 것은 엄청나게 심한 냄새일 것이다. 그 누구도 가까이 가고 싶지 않은… 그 냄새에 초점을 맞추면 누가 그 옆에 다가갈 수 있겠는가… 멋모르고 주님 앞에 육신을 안고 서 있는 형제나 자매에게 다가가는 것이 아니라 오히려 "너에게서 견딜 수 없는 육신의 썩은 냄새가 나"라고 말한다 해도 그것은 거짓말이 아니다. 그러나 눈에 보이고 코에 맡아지는 우리의 오감에 따라 반응하는 것이 아니라 죽음을 이기게 하신 주님의 음성에 초점을 맞출 때 그 옆에서 육신의 썩은 냄새가 날지라도 그 냄새를 참으며 더러운 냄새나는 베를 한 겹 한 겹 벗겨낼 수 있으리

라. 죽었던 자가 주님의 음성에 살아나고 그 옆에 함께 하던 자가 냄새 나는 베를 벗겨내 주고 이 모든 것을 통해 사람들이 하나님의 영광을 보게 된다.

옆에 놓아주신 형제자매들로 인해(도저히 하나가 될 수 없어서, 마음에 안 들어서, 육신이 너무도 강해서…) 간절하게 기도해본 적이 있는가? 내 육신으로 인해 수군거림을 들어본 적이 있는가? 우리는 지금 어디에 초점을 맞추고 있는가? 다른 사람의 냄새나는 육신을 당신이 느꼈다면 또 하나의 하나님의 영광이 드러날 수 있는 기회가 당신에게 주어진 것이다. 그 사람에게 냄새난다고 말할 것인가 아니면 그 냄새를 느끼던 당신 자신의 오감을 주님의 음성에 맞추겠는가?

오늘도 우리는 하늘과 땅이 갈라지듯이 우리안의 영과 혼이 갈라지는 삶을 살 수 있는 것이다. 바로 우리 안에서 주님은 더욱 커지시고 우리의 육신은 작아지는 삶.

주님!

누군가가 나의 육신을 찌를 때 나를 더 낮아지게 만들어 주세요. 그래서 내가 더 정직하게 나 자신의 냄새나는 육신을 인정하게 해주세요. 말꼬리를 잡거나 상대방의 육신을 같이 찌르게 하지 마시고 온전히 당신의 음성을 듣게 해주세요. 냄새가 난다고 말할 수밖에 없었던 그 형제나 그 자매의 약함을 위해 기도하게 해주세요. 냄새나는 육신을 가지고도 주님의 음성에 부끄럼 없이 서게 해주세요. 당신이 부르실 때에는… 육신이 있기에 감사합니다. 이렇게 보잘 것 없는 자로 만들어 주셔서 감사합니다. 죽을 때까지 당신을 필요로 해야만 하는 자인 것에 감사합니다.

마치는 글

당신이 지금까지 겪은 모든 일이 주님의 허락 하에서 일어났음을 그리고 그 속에서 당신의 주인이 무엇을 원하시는지를 깊이 묵상하는 시간이 되었으면 하는 마음이다.

주 예수께서 오시는 그 날까지 주님이 놓으신 그 자리에서 함께 지어져가는 형제자매들을 더욱 사랑하게 해달라고 기도하자.

우리를 이렇게 다 다르게 만드신 주님을 입을 모아 찬양하자!(우리가 너무도 다르기에 주님께 매달리지 않겠는가. 사랑을 하지 못하는 내 속에서 당신이 사랑하시라고.)

우리의 온전한 사랑을 받으시기에 합당하신 주 예수님을 더욱 사랑하자!

아직 오늘이 있는 이때에 주님의 발밑에서 주님의 사랑을 배우자!

주님!
저희가 당신을 사랑합니다.
주여! 어서 오시옵소서!

어느 일요일의 나눔에서…
맷 형제님의 메시지

이 뒷부분에 나오는 글은 저희 멤피스에 있는 맷 형제가 2006년 12월의 어느 일요일에 나눈 것입니다. 듣고 있는 도중에 제 마음에서 강한 '아멘'과 함께 꼭 한국말로 옮겨서 한국에 있는 주님의 백성들과 나누고 싶다는 생각이 들었습니다. 감사하게도 맷 형제가 바쁜 와중에 글로 옮겨주어서 이렇게 번역할 수 있게 되었습니다. 부디 시간을 들여 천천히 묵상하시면서 읽으시기를 간절히 기도합니다. 이 글의 내용이 진정 마음으로 알아진다면 우리는 엄청난 하늘의 비밀을 누리게 될 것입니다. 시간이 나는 대로 읽고 또 읽으시기를…. 마음의 주인이신 성령께서 우리들의 순간순간을 인도하시기를 간절히 기도합니다.

일장

일 년을 접는 이때에 저는 주님께서 일 년간 제게 말씀하신 것들을 생각해 보았습니다. 그것은 시간과 영원에 대해서 입니다. 일시적인 실제와 영원한 실제에 대해서 입니다. 주님께서는 그것들에 대해 다른 관점에서 보여주셨습니다. 그러나 저는 두 관점에서 제게 가르치신 것들을 나누고자 합니다. 우선 세 군데의 성경 말씀을 보겠습니다.

히브리서 12:2-3

믿음의 주요 또 온전케 하시는 이인 예수를 바라보자 저는 그 앞에 있는 즐거움을 위하여 십자가를 참으사 부끄러움을 개의치 아니하시더니 하나님 보좌 우편에 앉으셨느니라. 너희가 피곤하여 낙심치 않기 위하여 죄인들의 이같이 자기에게 거역한 일을 참으신 자를 생각하라.

요한복음 9:4

때가 아직 낮이매 나를 보내신 이의 일을 우리가 하여야 하리라. 밤이 오리니 그때는 아무도 일할 수 없느니라.

고린도후서 4:7-5:1

우리가 이 보배를 질그릇에 가졌으니 이는 능력의 심히 큰 것이 하나님께 있고 우리에게 있지 아니함을 알게 하려 함이라. 우리가 사방으로 우겨 쌈을 당하여도(심한 눌림을 당하여도) 싸이지(으깨지지) 아니하며 답답한 일을 당하여도 낙심하지 아니하며 핍박을 받아도 버린 바 되지 아니하며 거꾸러뜨림을 당하여도 망하지 아니하고 우리가 항상 예수 죽인 것을 몸에 짊어짐은 예수의 생명도 우리 몸에 나타나게 하려 함이라. 우리 산 자가 항상 예수를 위하여 죽음에 넘기움은 예수의 생명이 또한 우리 죽을 육체에 나타나게 하려 함이니라. 그런 즉 사망은 우리 안에서 역사하고 생명은 너희 안에서 하느니라. 기록한바 내가 믿는 고로 말하였다 한 것 같이 우리가 같은 믿음의 마음을 가졌으니 우리도 믿는 고로 또한 말하노라. 주 예수를 다시 살리신 이가 예수와 함께 우리도 다시 살리사 너희와 함께 그 앞에 서게 하실 줄을 아노니 모든 것을 너희를 위하여 하는 것은 은혜가 많은 사람의 감사함으로 말미암아 더하여 넘쳐서 하나님께 영광을 돌리게 하려 함이라. 그러므로 우리가 낙심하지 아니하노니 겉사람은 후패하나 우리의 속은 날로 새롭도다. 우리의 잠시 받는 환란의 경한 것이 지극히 크고 영원한 영광의 중한 것을 우리에게 이루게 함이니 우리의 돌아보는 것은 보이는 것이 아니오 보이지 않는 것이니 보이는 것은 잠깐이요 보이지 않는 것은 영원함이니라. 만일 땅에 있는 우리의 장막 집이 무너지면 하나님께서 지으신 집 곧 손으로 지은 것이 아니요 하늘에 있는 영원한 집이 우리에게 있는 줄 아나니.

우선 먼저 제가 말씀드리고 싶은 것은 우리들이 두 영역에서 살고 있다는 사실입니다. 그러므로 같은 시간에(동시에) 두 실제를 경험하게 됩니다. 우리들은 육신을 가진 이 지구의 영역 위에 살고 있는 창조물, 그래서 우리는 이 영역의 실제 속에서 살고 있습니다. 그와 동시에 영원 그리고 영적인 영역의 창조물이기도 합니다. 그래서 영원 그리고 영적인 영역의 실제 속에서 살고 있습니다. 이 땅에 존재하는 실체의 많은 부분들에는 어려움이 있습니다. 우리들은 신체의 아픔을 경험하기도 하고 병을 앓기도 하고 그리고 나이가 먹을수록 몸이 쇠약해 지고 정신도 쇠퇴해 집니다. 우리는 서로에게 짐이 되지요. 우리는 죄와 씨름을 합니다. 우리들의 삶 안에서, 사랑하는 사람들 안에서, 그리고 타락해 가는 우리 주변의 세상 안에서, 우리들은 재정적인 문제가 있습니다. 우리는 어두움과 혼란의 시간을 겪고 있습니다. 이사를 가든지 아니면 죽든지 우리는 사랑하는 사람들과 떨어져야 하는 아픔을 겪습니다. 저는 계속 이야기할 수 있습니다. 그러나 당신께서도 저의 요지를 알 수 있겠지요. 저희들은 바로 심판을 받는 세상에 살고 있어서 우리 삶의 각 부문에서 영향을 받고 그로 인해 고난을 받고 있습니다. 이것들이 바로 실제입니다. 우리가 그것들을 부인하지 않습니다. 아니 모른 척하는 것이 아닙니다. 그것들을 꾸미겠다는 것도 아닙니다. 그것들은 실제이고 또 우리들이 겪어나가야 할 것들입니다. 우리들은 이런 것들을 주님께로 가지고 나가 이 고난을 이겨 나갈 수 있는 주님의 자비를 받아야 합니다. 그러나 주님께서 계속해서 저에게 알려주시는 것은 이런 것들은 그저 일시적인 실체라는 것입니다.

제가 어렸을 때 저는 쉽게 화를 내고 쉽게 짜증을 내곤 했었습니다. 우리 가족 모두의 친구가 있었습니다. 그분은 제가 대학교 때 정년퇴직을 하셨지요. 매번 제가 무슨 일로 인해 화를 내는 것을 볼 때마다 그분은 이렇게 말씀하셨습니다. "흠, 한 가지는 분명한 게 있지. 지금부터 100년이 지나도 결코 다른 것을 느끼지 못할 걸." 그러나 제 생각에는 매 상황 속에서 어떤 생명에(내 육신의, 아니면 그리스도의) 근거하여 그 상황을 대처해 나가느냐에 따라 틀림없이 다른 점이 있다고 생각합니다. 그러나 그분의 요점은 제가 제 시간과 에너지를 무덤까지 이어지지도 못할 한정된 환경에 초점을 맞추어 낭비하지 않기를 바라신거지요. 그 점에서, 그분의 말씀은 옳았습니다.

100년 후에는 저는 육신의 아픔이나 한계를 가지고 있지 않을 것입니다. 인간관계로 마음을 아파하거나 부담을 100년간 안고 갈 필요가 없습니다. 제가 다가갈 수 없는 빛 속에 살 때에 재정적인 문제들, 어두움의 시간들, 혼란기, 죽음으로 인한 이별, 이런 것들은 동떨어진 다른 영역의 기억이 될 것입니다. 이런 것들은 물론 실제입니다. 그러나 일시적입니다.

바울의 고린도후서 4장 말씀을 생각해 봅시다. 만약 우리가 오직 부정적인 면만을 본다면 이렇게 읽을 수 있지요. 우리는 모든 면에서 괴로움을 받고 있다, 답답한 일을 당하며, 핍박을 받고, 거꾸러뜨림을 당하고, 예수 죽인 것을 몸에 짊어지고, 자기를 부인하는 죽음(사망)이 우리 안에서 일하고, 겉사람은 후패하고, 환난 받고, 그리고 고린도전서 4장의 중반에도 비슷한 글들이 있습니다. 바울은 자신이 경험한 이 '부정적인 것들' 을 장려와 함께 나열하고 있습니다.

"그러므로, 나를 본받는 자가 되라." 왜 바울이 그렇게 말했을까요? 왜냐하면 이 일시적인 '부정적인 것들' 이 실제의 영원한 '긍정적인 것들' 과 함께 쌍으로 있기 때문입니다. 그리고 앞의 것들은 뒤의 것을 증가시키는 하나님의 도구로 쓰이지요.

다시 한 번 전 문장을 다시 봅시다. 고린도후서 4:7-5:1 우리가 이 보배를 질그릇에 가졌으니 이는 능력의 심이 큰 것이 하나님께 있고 우리에게 있지 아니함을 알게 하려함이라. 우리가 사방으로 우겨 쌈을 당하여도(심한 눌림을 당하여도) 싸이지(으깨지지) 아니하며 답답한 일을 당하여도 낙심하지 아니하며 핍박을 받아도 버린바 되지 아니하며 거꾸러뜨림을 당하여도 망하지 아니하고 우리가 항상 예수 죽인 것을 몸에 짊어짐은 예수의 생명도 우리 몸에 나타나게 하려 함이라. 우리 산 자가 항상 예수를 위하여 죽음에 넘기움은 예수의 생명이 또한 우리 죽을 육체에 나타나게 하려 함이니라. 그런 즉 사망은 우리 안에서 역사하고 생명은 너희 안에서 하느니라. 기록한바 내가 믿는 고로 말하였다 한 것 같이 우리가 같은 믿음의 마음을 가졌으니 우리도 믿는 고로 또한 말하노라. 주 예수를 다시 살리신 이가 예수와 함께 우리도 다시 살리사 너희와 함께 그 앞에 서게 하실 줄을 아노니 모든 것을 너희를 위하여 하는 것은 은혜가 많은 사람의 감사함으로 말미암아 더하여 넘쳐서 하나님께 영광을 돌리게 하려 함이라. 그러므로 우리가 낙심하지 아니하노니 겉 사람은 후패하나 우리의 속은 날(매일 매일)로 새롭도다. 우리의 잠시 받는 환란의 경한 것이 지극히 크고 영원한 영광의 중한 것을 우리에게 이루게 함이니 우리의 돌아보는 것은 보이는 것이 아니요 보이지 않는 것이니 보이는 것은 잠깐이요 보이지 않는 것은 영원함이니라. 만일 땅에 있는 우리의 장막집이 무너지면 하나님께서 지으신 집 곧 손으로 지은 것이 아니요 하늘에 있는 영원한 집이 우리에게 있는 줄 아나니.

우리가 이렇게 살고 있는 세상에는 또 하나의 실제가 있습니다. 그것은 영원한 것입니다. 우리들은 예수의 소중한 피로 깨끗하게 되었습니다. 우리들에게 그분의 의의 옷이 입혀졌습니다. 그리스도 안에서 천국 안에 있는 모든 영적인 축복을 우리들은 받았습니다. 그리스도와 함께 우리는 그분의 왕좌에 함께 앉혀졌습니다. 우리는 그리스도의 마음을 가졌습니다. 그분은 우리들의 지혜가 되셨고, 의가 되셨고, 성화가 되셨습니다. 그분, 그분 자신 이 바로 우리들의 평화입니다. 그의 성령이 영원히 우리 안에 살고 있습니다. 그분의 기쁨이 우리 가슴 안에서 넘쳐흐릅니다. 우리는 이 땅의 모든 창조물 중 갈망하기에 가장 합당한 분과 깊이 연합된 관계를 갖게 되었습니다. 우리는 그분을 통해 영광스런 영원한 열매를 맺을 수 있게 되었습니다. 다시 계속해서 저는 이야기할 수 있습니다. 그러나 당신께서도 제 요지를 아셨으리라 생각합니다. 우리가 그리스도 안에 있습니다. 이 실제가 우리 삶의 각 영역을 좌우합니다. 이것은 영원한 실제입니다.

그러므로 이 두 영역은 모두 실제입니다. 그러나 어떤 것이 더 실제이겠습니까? 어떤 것이 더 무게가 있겠습니까? 어떤 것이 더 자원이 많겠습니까? 어떤 실제가 100년 후 아니 100만 년 후, 억만 년 후까지 이어지겠습니까? 그 답은 너무나도 분명하지요. 그렇다면 왜 제가 제 모든 것을 영원히 끝나지 않을 것에 투자하지 않고 시간과 에너지, 감정의 '정수'를 수증기와 같은 덧없는 것에 맞추겠습니까?

이것이 제가 나누고 싶은 두 번째의 것으로 이어지게 합니다. 이 땅의 것들은 아주 일시적인 것이며 이것들을 우리가 어떻게 대응하느냐에 따라, 주님이 이것들을 통해 우리들을 변화시키시도록 얼마만큼이나 우리가 주님께 내어 드릴 수 있냐에 따라 영원한 결과가 결정됩니다. 이 일시적인 어려움들은 모두 하나님의 손안에서 쓰여 지고 있는 도구들입니다.

이 인생은 너무나도 덧없고, 또 한낱 물거품 같지요. 우리가 오래 살수록 우리의 삶은 더욱 한낮의 수증기처럼 느껴집니다. 우리의 주님과 함께 살 미래, 새 하늘과 새 땅, 그것은 영원할 것입니다. 그러나 지금 이 삶의 작은 한 점 같은 시간 속에서 우리는 주님이 우리를 예수님처럼 변화시키시게 주님께 우리 자신을 온전히 맡기는 것입니다. 우리 안에서의 일에 성령과 연합하여 우리가 얼마나 내어드리든지 그 분량만큼 우리는 영원한 것을 위한 그분의 성품을 가질 수 있습니다.

고린도전서 2:2-15절을 봅시다.

우리가 세상의 영을 받지 아니하고 오직 하나님께로 온 영을 받았으니 이는 우리로 하여금 하나님께서 우리에게 은혜로 주신 것들을 알게 하려 하심이라. 우리가 이것을 말하거니와 사람의 지혜의 가르친 말로 아니하고 오직 성령의 가르치신 것으로 하니 신령한 일은 신령한 것으로 분별하느니라. 육에 속한 사람은 하나님의 성령의 일을 받지 아니하나니 저희에게는 미련하게 보임이요 또 깨닫지도 못하나니 이런 일은 영적으로라야 분변함이니라. 신령한 자는 모든 것을 판단하나 자기는 아무에게도 판단을 받지 아니하느니라.

우리 각 사람의 감추어진 영적인 영역이 '불의 계시'로 드러나는 날이 올 것입니다. 바울은 죄인들에게 이것을 쓴 것이 아닙니다. 바로 성도들에게 입니다. 어느 날 우리 각 사람은 그분의 눈이 '불꽃' 같은 분 앞에 서게 될 것입니다.(요한계시록 1:14) 그리고 우리들의 삶 속에서의 일들이 모두 드러날 것입니다. 나무, 풀, 그리고 짚 이런 것들을 매우 크게 장식해서 감명적이게 보일 수도 있겠지요. 그러나 불은 통과할 수 없습니다. 금, 은, 귀중한 보석들은 보기에는 작고 감명을 주지 못할지도 모릅니다. 그러나 불은 이것들을 더욱 순수하게 만들고 깨끗하게 하여 그들의 영원히 이어질 진짜 아름다움을 더욱 드러나게 할 것입니다.

어느 날 저는 우리들 삶 속에서의 주님의 변형작업을 나무를 무감각하게 만드는 작업과 비교해보았습니다. 나무는 무척 아름답습니다. 그리고 많은 것을 만드는데 아주 유용하게 쓰이지요. 그러나 나무는 쉽게 불이 붙을 뿐만 아니라 쉽게 썩습니다. 오래가지를 않습니다. 시간을 거치면서 맞는 환경 속에서, 나무는 작은 분자 하나하나가 미네랄과 함께 불에 타지도 않고 썩지도 않는 것으로 변화되어 집니다. 그 결과로 원래 나무의 눈에 보이는 유닉(unit)(나이테, 나뭇결)한 특색과 그 아름다움을 가지고 있음에도 불구하고 불에도 통과할 수 있고 썩지도 않는 똑같이 보이나 전혀 다른 종류가 됩니다.

주님께서 당신의 이미지를 따라 사람을 창조하셨습니다. 그러나 세상은 타락하였고 우리는 죄로 인해 손상되어 버렸습니다. 아담의 후

손은 불에 쉽게 타오르고 썩기 쉽습니다. 우리 믿는 자들은 새로운 사람 안으로 다시 태어났습니다. 그러나 우리 혼의 변형은 자동적이지도 않고 즉시 이루어지는 것도 아닙니다. 그것은 일정 기간을 필요로 합니다.(우리들의 전 인생 전부, 얼마나 길던 상관없이) 주님께서는 우리의 상황을 주관하셔서 매 순간의 선택들, 순종 그리고 또 순종, 믿음으로 행하고 또 믿음으로 행하고, 우리는 우리의 썩어질 자연성품으로부터 썩어지지 않을 그리스도의 성품으로 바뀌어 갑니다. 주님께서는 우리의 성격이나 각자의 유닉(unit)한 것들을 전부 몰살시키시는 것이 아닙니다. 주님께선 처음 당신이 우리를 창조하실 때 갖으셨던 계획 그대로 우리를 변형시키시고 계십니다.

제 혼의 삶의 각 부문들이 무덤으로 보내집니다.(매일 매일 나 자신을 부인하고 나 자신의 십자가를 지고 어디든 주님이 인도하시는 곳으로 따라가는) 주님은 제안에 부활생명이 드러나게 하시어 그것이 그리스도의 특색으로 보여 지게 하십니다. 그 제 성격의 면이 '죽음과 살아남' 지금 영원한 것으로 만들어집니다. 그것은 불을 통과할 수 있을 것입니다.

만약 제가 제 온 생명을, 온 혼을, 붙잡고 있다면 그리고 모든 면에서 제 방식대로 한다면 저는 잃는 고통을 받게 될 것입니다. 저는 그 잃는 것이 어떤 것인지 모릅니다. 어쩌면 이런 것일지도 모르겠습니다. 영원에 대해서는 아주 어린 아이여서 내 방식대로 사는 것에 행복해 하는, 그러나 주님이 저를 위해 계획하신 영원한 생명의 목적, 책임, 깊은 연합의 경험도 없이 개념도 가지고 있지 않는 것일지도 모릅니다. 아니면 온갖 영광을 다 드리고 싶은 분 앞에서 정작 드릴 것이 별로 없는 그런 것일지도 모르겠습니다. 아니면 주님의 식탁에 앉았을 때 가깝게 그분 곁에 앉고 싶건만 정작 내 자리는 전혀 가깝지 않은 곳에 있는 그런 것일지도 모르겠습니다. 아니면 새 예루살렘(그의 신부)의 영광 안에서 살고 있지 않는 것일지도 모르겠습니다. 물론 새 하늘과 새 땅 안에 어딘가에 의인들이 살고 있습니다.(베드로후서 3:13, 그리고 요한 계시록 21장 뒷부분을 비교해 보십시오.)

저는 그 잃음이 어떤 것인지 잘 모르겠습니다. 그러나 어디를 가든 어린 양을 따랐을 때 받을 그 상은 우리의 상상을 훨씬 초월하는 것이란 것을 알 수 있습니다.(고린도전서 2:9) 그리고 잃는다는 것도 다른 점에서 내 상상의 능력을 넘는 것은 마찬가지입니다.(잃음을 말하자면, 저는 오직 '구원받았다.' 그러나 불은 통과하지 않았다라고 말하는 것뿐입니다. 누군가의 신뢰를 내던지고, 하나님의 아들의 발밑에서 짓밟힘을 당할지도 모른다는 끔찍한 가정의 이야기를 하는 것이 아닙니다.)

그렇다면 이 지구 위에서 어려운 실제들의 삶 속을 헤쳐 나가고 있는 자들로서 우리의 합당한 시각을 어떻게 유지해 나갈 수 있겠습니까? 골로새서 3장이 말하는 "위에 것을 생각하라"를 우리가 어떻게 할 수 있을까요?

히브리서 10장 36절이 말하기를, "너희에게 인내가 필요함은, 그러므로 당신이 하나님의 뜻을 행하고 난 후에, 당신은 하나님께서 약속하신 상을 받을 것입니다." 아멘! 이 경주를 달리기 위해서는 우리들은 인내가 필요합니다.

잠언 23장 17-18을 보면, '네 마음으로 죄인의 형통을 부러워하지 말고 항상 여호와를 경외하라. 정녕히 네 장래가 있겠고 네 소망이 끊어지지 아니하리라."

저는 죄인들의 쾌락을 부러워하지 않도록 계속 배워왔습니다. 왜냐하면 그 쾌락이 얼마나 허망한지 그리고 죄에 대한 형벌이 얼마나 영원한지를 알기 때문입니다. 그러나 가끔 죄인들의 자유롭게 사는 것에 제 자신이 질투를 하고 있는 것을 발견할 때가 있습니다. 우리들의 삶 속에는 짐이 가득합니다. 우리들은 제사장들이고 우리들은 주님의 백성들을(서로서로를)가슴 속에 어깨 위에 지어야 합니다. 서로의 안에 그리스도가 만들어지는 것을 보기 위해, 서로서로가 더욱 성숙해지기 위해 일을 합니다. 이 모든 짐 부담으로부터 자유롭게 삶을 '즐기기'를 원하며 내 삶 속에서 지어야 할 짐 부담들에 대해 불평을 말한, 그것들이 아버지가 당신의 아들의 형상으로 바로 이것들을 통해 나를 만드시기 위한 것입니다. 주님에게 변화를 받을 수 있는 시간은 얼마 남지 않았습니다. "밤이 오고 있습니다, 누구도 일을 할 수 없는." 그렇다면 이 기회들이 얼마나 소중해지겠습니까!

그렇다면 우리가 어떻게 참을 수 있을까요? 제 생각에는 그 열쇠가 히브리서 12장 2절부터 시작되고 있는 것 같습니다. 믿음의 주요 또 온전케 하시는 이인 예수를 바라보자 저는 그 앞에 있는 즐거움을 위하여 십자가를 참으사 부끄러움을 개의치 아니하시더니 하나님 보좌 우편에 앉으셨느니라. 3절 너희가 피곤하여 낙심치 않기 위하여 죄인들의 이같이 자기에게 거역한 일을 참으신 자를 생각하라.

예수는 이 땅 위에서 인간으로 겪는 모든 어려움을 당하셨습니다. 그리고 참으셨습니다. 어떻게? 그분께서는 그 앞에 즐거움을 두셨습니다. 이사야 53: 10-12 그 즐거움을 예언적으로 말하고 있습니다. 그 즐거움 안에 저나 당신이 들어있습니다. 그리고 그것은 영원한 즐거움입니다. 눈을 앞에 있는 영원한 즐거움에 맞추어 놓았기에 십자가의 부끄러움을 아무 것도 아닌 것으로 여길 수 있었고 인내하실 수 있었습니다.

우리도 역시 그 즐거움이 우리 앞에 놓아져 있습니다. 그분의 이름은 예수입니다. 그분(모든 것이 그분 안에 있습니다.)이 영원토록 우리들의 것입니다. 우리의 눈을 그분께 맞춥시다. 그 의미는 그 어떤 것도 주시하지 않는다는 뜻입니다. 아니 다른 성경의 번역을 보면 "예수에게로 주시하다." 이것이 한편 우리에게 말하는 것은 우리가 누구를 주시하고 있는가, 그리고 또 한편에서는 우리가 다른 것들을 주시하고 있다는 것을 암시하고 있습니다. 이 땅에 산다는 것은 여러 의미에서 힘듭니다. 그러나 이 고통은 일시적인 것입니다. 그리고 그것들이 영광의 영원한 무게를 우리 안에서 만들어 낼 것입니다. 만약 우리가 우리 안에 계시는 주님께서 완전하게 일하시게끔 허용을 한다면 말입니다. 다시 말합니다. 시간은 얼마 남지 않았습니다. 우리들의 변화 받을 수 있는 기회들은 너무나도 소중합니다.

이 글쓴이가 히브리인들에게 쓴 글들이 오늘날의 저희들에게 잘 맞는 격려가 됩니다. 히브리서 10:23-25로 첫 부분의 나눔을 마칩니다.

또 약속하신 이는 미쁘시니 우리가 믿는 도리의 소망을 움직이지 말고 굳게 잡아 서로 돌아보아 사랑과 선행을 격려하며 모이기를 폐하는 어떤 사람들의 습관과 같이 하지 말고 오직 권하여 그날이 가까움을 볼수록 더욱 그리하자.

이장

이른 아침 저는 시편 90편을 읽고 있었습니다. 그리고 주님께서 제 마음을 휘저으시고 계신 바로 이것이 요즘 우리 모임 안에서 나눠지고 있는 것이기도 합니다. 제가 그 시편 90편을 읽으면서 제 생각들을 나눠야 할 것 같습니다.

주님의 성품에 관하여는 너무도 많이 쓰여 있습니다. 주님의 길, 구원 그 자체, 등등 그것이 서로 상반되는 것처럼 보입니다. 성경 속에서 자주 두 개의 말씀이 서로 배타적인 것처럼 보입니다. 그러나 하나님 안에서는 그것들이 서로 같이 공존합니다. 우리 인간들은 자주 이렇게 말합니다. 진리의 한 면에 걸쳐놓고 "이것은 진리야, 내가 성경 속에서 증명할 수 있어." 그러면 또 다른 사람은 다른 면의 진리의 한 면을 붙들고 이렇게 말합니다.

"아니야 이것이 진리야, 내가 성경으로 증명할 수 있다니까." 성경이 성경에 대항하여 어느 쪽의 진리가 맞는지 그렇게 우리들은 싸웁니다. 우리는 우리 인간의 보잘 것 없는 한정된 머리들로 무한하신 하나님과 하나님의 그 성품을 전부 이해할 수 있으리라고 예상하고 있습니다.

저는 제가 전부 이해할 수 있는 신을 원하지 않습니다. 왜냐하면 전부 이해할 수 있다면 이미 신이 아니니까요. 그러나 우리의 주님은 하나님이십니다. 그리고 그 당신 자신에 대해서나 당신의 창조에 대해서 그분이 드러내시는 것들은 진리입니다. 설사 제가 온전히 이해를 못하거나 제 머릿속에 있는 것들과 이어지지 않더라도 말입니다.

많은 면에서 시간과 영원의 상호작용이 바로 그렇습니다. 우리들은 시간과 공간의 창조물로 이 밑의 영역에서 살고 있습니다. 그러나 우리들은 또한 영적인 존재로 바로 지금도 하늘의 영원한 생명 속에서 살고 있습니다. 이 시편 90편에서 영원과 시간의 관계를 아주 조금 엿볼 수 있습니다. 그것을 통해 하나님의 목적과 하나님의 길들을 이해하는데 도움을 얻을 뿐만 아니라, 성경의 나머지들을 해석하는데 도움이 되는 몇 개의 열쇠들을 얻을 수 있습니다.

이것은 하나님의 사람, 모세의 기도입니다. 주여, 주는 대대로 우리의 거처가 되셨나이다.(시편 90편1절)

"주님! 당신은 당신의 백성들의 거처이십니다. 당신은 언제나 그러셨고 앞으로도 모든 세대들에게 그러실 것입니다." 저는 이것을 신약의 계시로 생각합니다. 요한복음 14:2 "내 아버지 집에 거할 곳이 많도다. 그렇지 않으면 너희에게 일렀으리라 내가 너희를 위하여 처소를 예비하러 가노니." 요한복음15:5 "나는 포도나무요 너희는 가지니 저가 내 안에, 내가 저 안에 있으면 이 사람은 과실을 많이 맺나니 나를 떠나서는 너희가 아무 것도 할 수 없음이라." 그러나 성경 앞 쪽의 신명기를 보면, 모세가 주님의 백성들에게 선포합니다. 영원하신 하나님이 너의 처소가 되시니 그 영원하신 팔이 네 아래 있도다.(33:27) 그리고 시편의 작자가 말할 수 있었습니다. 지존자의 은밀한 곳에 거하는 자는 전능하신 자의 그늘 아래 거하리로다.(시편 91:1)

영원하신 하나님께서 우리들의 거처이십니다. 그분은 언제나 그러셨습니다. 그리고 앞으로도 시간 속에서든 영원을 위해서든 영원히 그러실 것입니다. 엄청난 계시지요! 상황에 따라 그분에게 그저 나오는 것이 아닙니다. 우리가 바로 그분 안에 산다는 것이 의미하는 것은 이 땅에 살고 있는 우리 삶의 매 순간 그리고 영원까지 그분 안에 붙어 있다는 것입니다.

시편 90:2 산이 생기기 전, 땅과 세계도 주께서 조성하시기 전 곧 영원부터 영원까지 주는 하나님이시다.

영원은 긴 시간을 의미하는 것만이 아닙니다. 무한한 시간을 의미하는 것이 아닙니다. 영원은 시간과는 전혀 다른 영역입니다. 그러므로 시간과 같은 선상에서 영원을 바라볼 수 없습니다. 어쨌거나 제가 이해할 수 있는 시간의 선상에서 영원한 과거라든가 영원한 미래, 제가 그렇게 생각하려는 경향이 있습니다. 그러나 모세는 "영원 속에서(영원한 과거) 당신은 하나님이셨고, 그리고 영원으로(영원한 미래) 당신은 하나님이실 것입니다."라고 표현하지 않았습니다. 모세는 "영원부터 영원까지 당신은 하나님이십니다."라고 말했습니다.

불타오르는 떨기 나뭇가지 사이에서 모세에게 주님이 주신 계시가 아니겠습니까? 주님! 누가 저를 보냈다고 할까요? 출애굽기 3:14 그리고 하나님께서 모세에게 말씀하셨습니다. "나는 스스로 있는 자이니라." 그리고 말씀하시길 "이스라엘 자손에게 이렇게 말하라." "스스로 있는 자가 나를 너희에게 보내셨다 하라." 다시 주님은 시간을 표현하는 동사를 쓰시지 않으셨습니다. 주님은 영원에 사십니다. 그리고 언제나 그렇습니다.

우리의 주님께서는 당신 자신에 대해 우리에게 많은 것을 가르쳐 주셨습니다. 요한복음은 계시로 가득 차 있습니다. "나는… 생명의 떡이라… 양들을 위한 문이라… 좋은 목자라… 부활과 생명…" 등등. 그러나 그리스도가 누구신지에 대해 더 명확한 계시를 요한 8장에서 볼 수 있습니다. 그 8장 속에서 예수님과 유태인 지도자들과의 대화들이 들어있습니다. 주님께서 그들에게 말씀하시길 "나는 세상의 빛이라" (12절) "나는 나 스스로가 증거 하는 자가 되고" (18절) "나는 위에서 났으며" (23절) 그러나 24절에서는 말씀하시기를, "너희들이 스스로 있는 자를 믿지 않으면, 너희들은 너희들의 죄로 인해 죽을 것이다." (제 성경의 번역을 보면 그리스어의 문장을 더 잘 번역하기 위하여 뒷부분에 '내가 그인 것을' 이라고 '그'를 덧붙여서 번역하였지만 예수님께서는 그저 단순히 "스스로 있는 자를 너희가 믿지 않으면" 이라 하셨습니다.)

유태인들은 주님이 말씀하시는 것들을 이해하지 못했습니다. 그래서 다시 말씀하셨습니다. 요한복음 8:28 이에 예수께서 가라사대 "너희는 인자를 든 후에 내가 스스로 있는 자인 줄을 알고 또 내가 스스로 아무 것도 하지 아니하고 오직 아버지께서 가르치신 대로 이런 것을 말하는 줄도 알리라." 많은 사람들이 주님을 믿었습니다. 그러나 그 종교 지도자들은 주님의 말씀을 이해하지 못했고 계속 논쟁을 했습니다. 주님께서 그들에게 "아브라함이 나의 때를 기뻐하였느니라"라고 말했을 때 그들은 주님이 정신이 나간 사람이라고 생각했습니다. "네가 아직도 오십도 못 되었는데 아브라함을 보았느냐?" 마침내 주님께서는 그 진리를 그들이 알아들을 수 있는 표현을 쓰서서 말씀하셨습니다.(그리고 저의 번역자들은 뒤섞어 놓지 않았습니다.) "진실로 진실로 너희에게 이르노니 아브라함이 나기 전부터 내가 있느니라 하시니" (58절) 그렇게 해서 그들은 주님의 말씀을 알아들었습니다. 그러나 그들은 주님이 누구신지를 믿지 아니하였기에 돌을 들고 주님을 치려하였습니다.

우리의 하나님은, 이것은 너무나도 멋진 계시입니다. 왜냐하면 우리가 그분 안에 있기 때문입니다! 우리가 비록 지금 시간의 영역을 걷고 있다 해도 우리는 영원한 창조물로서 하늘에 속한 영역에 살고 있는 것입니다. 이것이 모든 것을 바꿉니다. 우리들이 이 엄청난 실제를 잊어버리지 않도록 기도합시다.

시편 90:3-4 주께서 사람을 티끌로 돌아가게 하시고 말씀하시기를 너희 인생들은 돌아가라 하셨사오니 주의 목전에는 천 년이 지나간 어제 같으며 밤의 한 경점 같을 뿐임이니이다.

여기 놀랄만한 또 다른 열쇠가 있습니다. 시간에 관한 예언적 해설, 아무런 목적 없이 하나님께서 그저 성경에 넣으신 것은 없습니다. 성경 안에는 아무 의미 없이 그저 쓰여 진 시라든가 역사라든가 혹은 재미있게 하기 위해 썼다든가 한 것이 일체 없습니다. 모든 말들 속에 영적인 실제가 있습니다. 그리고 주님이 모세를 통해 드러내신 천 년이, 주님의 쪽에서는 (a) "지나간 어제 같으며", 아니면 (b) "밤의 한 경점 같으며", 주님께서는 우리에게 시간과 영원 사이의 상호작용에 대해 무엇인가 보이시고 계십니다.

어제라는 날은 한 날입니다. 그리고 베드로후서 3:8을 보면, "사랑하는 자들아 주께는 하루가 천 년 같고 천 년이 하루 같은 이 한 가지를 잊지 말라." 말씀이 일치합니다. 주님께서는 우리들을 가르치시고 계십니다.

주님께서 6일간 이 전 물질적인 영역을 창조하셨습니다. 그리고 제 7일째에 쉬셨습니다. 성경을 살펴보면 주님께서는 성경안의 것들을 7일의 주기로 드러내십니다. 이 세상의 주일이 7일인 것이 우연이거나 또 인간이 발명해낸 것이 아닙니다. 그것은 물질적 영역을 위한 하나님 달력이었습니다. 그래서 "제8일" 은 성경 속에서 영적으로 표현하기를 '새로운 시작, 아니면 영원의' 라고 되어 있습니다. 이 영역에서는 제8일은 없습니다. 그저 다시 시작하는 다른 첫 시작일 뿐입니다.

하나님께서는 아주 세세하게 족보들과 아버지들의 수명, 그리고 각 왕들이 다스렸던 지역 등 구약에 자세하게 써져 있습니다. 우리가 그것들에 아주 신경 써서 살펴보면 우리가 인간 역사의 6,000년을 채워 가고 있다는 사실을 알게 됩니다. 그리고 남아있는 시간과 공간의 영역은 1,000년 즉 예수께서 보좌에 앉으셔서 예루살렘으로 부터 이 전 세상을 통치하시는 그 1,000년입니다. 다른 말로 표현하자면, 예언적 말로 하자면 우리들은 6일째의 마지막 부분을 살고 있으며 7일째로 접어 들어가려 하고 있습니다. 안식의 날, 그 날 이 땅 위에 살아있다면 얼마나 엄청난 날일까요?

다시, 천 년이 "한 밤의 경점 같다"고 하신 곳을 봅니다. 유태인의 밤에는 4경점이 있습니다. 오후 6시~오후 9시가 첫 번째 경점, 그리고 밤 9시~밤 12시(자정)가 두 번째의 경점, 자정 12시~새벽 3시가 세 번째 경점, 그리고 새벽 3시~새벽 6시가 네 번째 경점입니다.

우리들은 우리들의 신랑이 오시기를 기다리고 있습니다. 그리고 인간의 역사 속에서 그 시간을 비유한 것을 보면, "신랑이 더디 오므로 다 졸며 잘 새 밤중(자정)에 소리가 나되 보라 신랑이로다 맞으러 나오라 하매" (마태복음25:5-6) 아니면 다른 비슷한 곳을 보면 우리에게 알려주시기를, "주인이 혹 이경에나 혹 삼경에 이르러서도 종들의 이같이 하는 것을 보면 그 종들은 복이 있으리로다." (누가복음 12:38)

안식의 날이 다가오고 있습니다. 그리고 성경적 날들의 시작은 해가 진 뒤에 시작됩니다. 그렇다면 이런 센스에서 주님이 이렇게 말씀하실 수 있지 않겠습니까? "누구고 일을 할 수 없는 밤이 다가오고 있다." 그러나 주님이 당신이 창조하신 세상의 빛으로 오셨지만 세상은 주님을 거절했고 처형시키라고 외쳤으며 "그의 피를 우리와 우리 자손에게 돌릴지어다." (마태복음 27:25) 했던 다른 센스가 있습니다. 그리고 이 온 세상은 다시 밤에 묻혀버렸습니다. 그 밤이 얼마나 깊이 흐른 것일까요? 그것은 거의 자정입니다. 우리는 거의 제 이 경점을 마치려는 시점에 다가가고 있습니다.(그리스도의 이 땅의 사역 후 2,000년) 그리고 제 3경점이 시작되려 하고 있습니다.

시편 90:5-10 주께서 저희를 홍수처럼 쓸어가시나이다. 저희는 잠깐

자는 것 같으며 아침에 돋는 풀 같으니이다. 풀은 아침에 꽃이 피어 자라다가 저녁에는 벤바 되어 마르나이다. 우리는 주의 노에 소멸되며 주의 분내심에 놀라나이다. 주께서 우리의 죄악을 주의 앞에 놓으시며 우리의 은밀한 죄를 주의 얼굴 빛 가운데 두셨사오니 우리의 모든 날이 주의 분노 중에 지나가며 우리의 평생이 일식 간에 다하였나이다. 우리의 연수가 칠십이요 강건하면 팔십이라도 그 년 수의 자랑은 수고와 슬픔뿐이요, 신속히 가니 우리가 날아가나이다.

여기 10절에 감추어진 것이 주님의 길을 드러내는 또 다른 열쇠입니다. 여기서 그것이 오직 힌트일지라도 우리가 강조해서 볼 가치가 있습니다. 주님의 길들을 이해하는 것이 어떤 센스 안에서는 주님의 목적을 이해하는 것만큼이나 중요하다고 저는 믿게 되었습니다.

앞부분에서는 말하기를, "우리의 연수가 칠십이요 강건하면 팔십이라." 누가 이 시를 썼습니까? 모세입니다! 우리가 모세의 삶과 사역을 어떻게 알고 있습니까?

모세는 바로왕의 유아 칙령으로부터 기적적으로 살아납니다. 유태인인 친모가 유모가 되어 그의 인생의 첫 몇 년간을 키워줍니다. 그리고 모세가 거의 40이 될 때까지 그에 대해 듣는 바가 없습니다. 그러나 성경적인 그리고 역사적인 기록 속에서 우리는 모세의 삶이 어떠했을지 추측할 수 있습니다. 모세는 바로왕의 손자로 자랐습니다. 거의 제일 강한 나라의 왕자로서 말입니다. 모세는 이집트의 모든 것들 속에서 훈련을 받았습니다. 글을 배웠고, 군의 기술 통치자로서의 능력 등등 (출애굽기 2장-12장 그리고 사도행전7:20-36)에서 많이 볼 수 있습니다.

나이 40에 모세는 "그 말과 행사가 능하더라." (사도행전 7:22에서)
더 나아가면, 자기의 삶 속에서 하나님의 부르심을 그는 알았습니다.
왜냐하면 모세가 자신과 같은 나라 사람들을 중재하려고 할 때 성경이
표현하기를 "저는 그 형제들이 하나님께서 자기의 손을 빌어 구원하
여 주시는 것을 깨달으리라고 생각하였으나" (사도행전 7:25에서) 그
는 누가 자기의 형제인지 알고 있었습니다. 그리고 그가 누구였는지
도 그가 느꼈다고 저는 믿습니다. 어떤 면으로는 하나님이 그를 부르
셨습니다. 그는 사람의 눈으로는 준비가 되어져 있었습니다. 또한 그
는 쓰임 받기를 자원했습니다.(히브리서 11:24-26을 보십시오.) 그리고
그의 좋은 의도는 살인, 불명예, 공포, 자격을 박탈당한 것(처럼)으로
끝나고 맙니다. 낭비하는 것 같은.

그러나 40년간의 주님의 훈련 후에(사역을 위한 훈련으로 전혀 보여
지거나 느껴지지도 않는) 주님은 그를 당신의 백성을 구해 내시기 위
해 보내셨습니다. 그렇다면 모세가 몇 살이었겠습니까? 모세는 80살
이었습니다. "우리의 년 수가 칠십이요 강건하면 팔십이라." 모세는
제일 잘 알고 있었습니다. 하나님께서 당신의 일 '사역' 을 시작하도록
보내실 때 자신이 죽은 자와 같은 자라는 것을 말입니다. 그는 자신의
눈으로든 다른 사람의 눈으로든 더 이상 "말과 행사가 능한 자"가 아
니었습니다. 그러나 그는 성령의 음성에 매우 민감했으며, 온유하고
겸손했으며 순종 안에서 훈련되어져 있었습니다. 그래서 그는 주님의
손 안에서 사용될 수 있게 되었습니다. 그는 축복으로 인해 파멸됨 없
이 주님의 말들과 행동들을 전하는 전파관이 될 수 있었습니다.

우리 각 사람은 영적 선물과 부르심이 있습니다. 그러나 그것은 감

쳐져 있고 시간을 많이 요구하는 것입니다. 우리 자신을 의지하지 않고 당신의 힘을 써서 당신의 일 '사역'을 완성시키시기 위해 인생을 낭비하는 것 같은 일로 우리들을 준비시키기 위해 하셔야만 합니다. 우리는 죽은 자처럼 사는 것을 배워야 합니다. 그렇지 않으면 우리는 그분의 생명이 자유롭게 우리 안에서 흐르는 것을 볼 수 없을 것입니다. 우리라는 존재의 깊은 속에서 이루어질 혼의 복구 작업, 그분의 이미지로의 변형 작업에 우리 자신을 온전히 내맡기어야 합니다. 아니면 우리는 길에서 탈선되거나 혹은 아주 작은 축복이라도 우리를 통해 부어진 그분의 축복으로 인해 파멸될지도 모릅니다.

시편 90:11-12 누가 주의 노의 능력을 알며 누가 주를 두려워하여야 할대로 주의 진노를 알리이까 우리에게 우리 날 계수함을 가르치사 지혜의 마음을 얻게 하소서.

"우리의 날들을 가르쳐 주십시오. 그리하여 우리가 당신께 지혜의 마음을 드릴 수 있기를." 시편에서 다윗이 말하기를, "주여 나의 종말과 연한의 어떠함을 알게 하사 나로 나의 연약함을 알게 하소서. 주께서 나의 날을 손 넓이만큼 되게 하시매 나의 일생이 주의 앞에는 없는 것 같사오니 사람마다 그 든든히 선 때도 진실로 허사 뿐이니이다. 셀라."(시편 39편에서)

이 땅에서의 삶은 너무도 짧은 것입니다. 이 깨달음으로 많은 죄인들이 향락주의자로(내일 다가올 죽음을 위해 먹고, 마시고, 즐기는) 아니면 죄의식에서 나온 "선한 일하는 사람들로"(만약 내가 다른 사람들을 더 돕는다면 내 자신에 대한 나의 느낌이 더 나아질 거야.) 그러나 그리스도인들조차도 바보스런 결론을 내리게 하기도 합니다. 우리가 인생의 짧음을 보거나, 우리가 이뤄놓은 것이 너무도 없는 것을 볼 때 우리들은 낙심하거나 희망이 없어 마비된 자처럼 되어버립니다. 아니면 이 지각이 우리들을 어쩔 줄 모르게 만들기도 하고 "그리스도인의 활동" 즉 육신의 혼란 속으로 몰고 가기도 합니다. 시간이 짧음에도 불구하고 우리는 하나님을 위한 일들을 완성하기를 원합니다.

옛 시에 이런 것이 있습니다. "오직 한 목숨, 곧 지나가고 말을. 오직 그리스도를 위해 했던 것들만이 남으리." 그러나 이 시에 제가 한 마디를 첨부해 신학적으로 더 정확하게 바꿔보겠습니다. 저는 이렇게 말하겠습니다. "오직 그리스도 안에서 했던 것들만이 남으리." 이 땅에는 그리스도의 이름으로 이루어진 너무나도 많은 일들이 있지만 정작은 그분 안에서 시작된 것도 아니고, 성령에 의해 전달되어진 것도 아니며, 아무런 영원의 것의 소득으로 되어 지지 않을 것들이 많이 있습니다. 그분을 위해 열매를 맺으려면 성령과 함께 걷지 않으면 안 됩니다.

모세가 말하기를 우리들의 살 수 있는 날수들이 우리들을 주님에게 지혜로운 마음을 드릴 수 있게 만든다고 했습니다. 사탄의 끔찍한 무기 중의 하나가 바로 우리들 안에서 이 지구에서의 우리들의 삶이 지금처럼 아니면 더욱 좋게 마냥 길게 살 수 있을 것처럼 잠재적으로 믿게 하는 것입니다. 그것이 우리들로 하여금 잠에 빠지게 하고 낭비하게 하기도 하고 냉담하게 하기도 합니다. 다른 한편으로는, 우리가 이 삶이 덧없이 날라 간다는 것을 볼 수 있는 것은 하나님의 지혜를 위한 비결의 실제 한 부분입니다. 어떻게 "작고 망가지기 쉽고 연약한" 우리 인지 그리고 얼마나 우리 삶을, 호흡을, 모든 것을 온전히 주님께 맡기어야 하는지를, 삶의 실제인 이것들을 보기 위해서는 어린 아이와 같은 자세가 요구됩니다. 그 겸손으로 인해서 믿음, 감사, 순종이 자라납니다.

솔로몬도 이 시간과 영원에 관한 관계를 비슷하게 이야기했습니다. 전도서3:11 하나님이 모든 것을 지으시되 때를 따라 아름답게 하셨고 또 사람에게 영원을(사모하는 마음)을 주셨느니라. 그러나 하나님의 하시는 일의 시종(시작과 끝)을 사람으로 측량할 수 없게 하셨도다. (영어 번역을 보면 사모하는 마음이란 부분은 없습니다. ALSO HE HAS PUT ETERNITY IN THEIR HEARTS.)

그 어떤 개나 고양이나 원숭이 혹은 코끼리가 앉아서, "인생이란 무엇일까? 왜 나는 여기에 있는 걸까? 정말 죽음 후의 세상은 있는 걸까?"라고 생각하고 있는 동물은 하나도 없을 것이라고 저는 자신 있게 말할 수 있습니다. 동물들은 하나님을 닮게 창조되지 않았습니다. 그러나 또한 이 세상의 인간은 어느 정도의 나이가 되면 누구고 어떤 방식으로든 이런 것들을 생각해보지 않은 사람은 없을 것입니다. 하나님은 영원하시며 우리들은 그분의 이미지로 창조되었습니다. 하나님께서는 우리들의 마음속에 영원을 놓아두셨습니다.

전도서 3장 11절에 있는 표현 중에 영어 번역을 직역하면 "또한 사람에게 영원을 주셨지만 하나님의 하시는 일의 시작과 끝만은 사람으로는 알 수 없게 하셨다."만은 모세의 표현보다 더 명료하게 표현했다. 이 땅의 우리들의 삶에서 이 영원한 시각이 없이는 우리 안에서의 하나님의 일들, 혹은 역사속의 하나님의 일들을 우리는 절대로 알 수도 없고 알지 못할 것입니다.

아픔, 마음의 병, 고난, 제한, 손실 그리고 기다림 등 천 가지의 안 좋은 일들로 인해 이 땅의 우리들의 삶이 너무도 영향을 받습니다. "하나님은 사랑이신가? 정말 하나님이 다스리고 계신건가? 어떻게 이런 일을 내 인생에 허락하신건가 아니면 세상에 이런 일을 있게 하시다니? 무엇이 요점이란 말인가? 선은 어디에 있단 말인가? 만약 우리가 이 땅의 시각에서 우리 삶의 환경들에 초점을 맞춘다면 우리의 마음속에서 이런 질문들이 폭포처럼 터져 나올 것입니다. 우리안의 쓴 뿌리가 점점 자라고 아니면 냉소적이 되든가, 아니면 자기 연민에 빠지거나, 그리고 우리는 하나님의 심판대에 서게 될 것입니다.

만약 우리가 "우리의 마음을 위의 것에 맞춘다면"(골로새서 3장에서) 만약 우리가 "예수님에게 눈을 고정시킨다면"(히브리서 12장에서) 만약 우리가 뒤로 물러서서 영원한 시각에서 일들을 본다면 그렇게 하면 일들에 대한 센스가 생길 것입니다. 모든 인간의 역사는 영원을 위한 상상을 초월하는 영광스런 그리스도의 계시입니다. 그리고 주님께서 우리의 짧은 인생 속으로 가져오시는 것들 모두는 그분 자신의 아름다움을 따라 우리를 영원히 변형시키기 위한 목적에서 입니다. 우리는 우리의 살 날수를 알아 그로 인해 지혜의 마음을 가질 수 있도록 해야 합니다. 그래서 우리가 주님 당신의 일을 위해 그 지혜로운 마음을 드릴 수 있습니다.

시편 90:13-17 여호와여 돌아오소서. 언제까지니이까. 주의 종들을 긍휼히 여기소서. 아침에 주의 인자로 우리를 만족케 하사 우리 평생에 즐겁고 기쁘게 하소서. 우리를 곤고케 하신 날수대로와 우리의 화를 당한 연수대로 기쁘게 하소서. 주의 행사를 주의 종들에게 나타내시며 주의 영광을 저희 자손에게 나타내소서. 주 우리 하나님의 은총을 우리에게 임하게 하사 우리 손의 행사를 우리에게 견고케 하소서. 우리 손의 행사를 견고케 하소서.

히브리어 글 "우리를 견고케 하소서." 이면에 들어있는 센스는 "영구케 하소서."입니다. 그래서 이 시는 이 열렬한 애원으로 마치고 있습니다. "주여, 우리 손의 일을 영구케 하소서. 네."(영어 성경에는 'YES'가 있습니다.) "우리 손의 일을 영구케 하소서."

이것이 우리 모두의 마음으로부터의 외침이 아닙니까? "주님, 제 삶이 무엇인가를 위해 포함되어지기를 원합니다. 제가 겪어나가고 있는 것들이 재료가 되어 지기를 원합니다. 제가 이 땅에 사는 동안 영원의 것을 얻기를 원합니다. 끝까지 남을 열매를 맺기를 원합니다."

우리가 지금 소모하고 있는 대부분의 시간과 에너지는 100년도 가지 못할 것에 쓰여 지고 아주 적은 부분이 영원을 위한 것입니다. 그러나 주님이 하시는 일은 영광스러우며 영원합니다. 그렇다면 주님은 무엇을 하고 계십니까? 기본적으로 말씀드리자면, 아버지가 하시는 모든 것을 그 아들이 같이 합니다. 이런 것들이 양자의 이미지를 확인시켜 줍니다.(로마서 8:29) 그분을 위한 신부를 준비하고 있다는 것을 확인시켜 줍니다.(요한계시록 19장 그리고 21장) 당신은 당신 손의 일이 영구케 되기를 원하십니까? 그렇다면 아버지가 하시는 그의 영원하신 목적에 당신의 삶을 동참시키십시오.

그분의 영으로, 우리를 예수의 이미지로 만드시며 신랑을 위해 단장된 신부로 우리를 준비시키시기 위해 아버지가 무엇을 쓰고 계시는지 아십니까? 그것은 우리가 지금 살고 있는, 대부분이 좋게 느껴지지 않는, 이 땅에서 겪어가고 있는 그런 것들을 바로 쓰고 계신 것입니다. 인간관계 속에서 생기는, 수도 없는 갈등, 수도 없는 오해들, 상처, 마음의 찢어짐 이런 것들을 쓰십니다. 이별의 아픔, 그리고 기다림, 실패를 쓰십니다. 죄와의 투쟁 우리의 삶 안에서, 그리고 우리가 주변에 있는 형제자매들의 짐을 같이 지어 그들의 중재자로 일을 배워 나가므로 인해 얻어지는 다른 사람들의 삶 속의 투쟁들도 쓰십니다. 주님은 우리의 연약함과 한계조차도 우리를 더더욱 주님에게 의지하게 하시는데 쓰십니다. 주님은 세상의 악도 쓰셔서 당신이 우리들의 요새임을 알게 하시고 당신께로 달려가게 하십니다. 저는 계속 끝없이 쓸 수 있습니다. 주님은 우리가 가장 견디기 어려워 어서 빨리 옮겨 받고 싶은 환경, 도저히 감사할 수 없는 그 일들을 사용하고 계십니다.

우리를 통과시키시고 계신 주님의 변형 과정의 결과가 바로 영원을 위한 그분의 도시, 왕국의 소중한(드물고 가치가 뛰어난) 보석이 됩니다. 우리들은 모두 산돌 들입니다. 그러나 그 한계를 알고 주님이 우리 안에서 일하시게 우리를 내어드리며, 우리가 믿음과 겸손과 순종으로 함께 동참함에 의해. 우리가 요한계시록 21장에서 보는 그 소중한 보석으로 변형되어 가는 것입니다. 우리 모두의 인생 안에는 우리를 짜증나게 하는 것들과 괴롭게 하는 것들이 있습니다. 그러나 그것들이 주님에게서 왔다고 여기고 영으로 즐겁게 그것을 감당하기를 배운다면 바로 그 괴로움이 하나님의 도시의 문을 만드는 재료, 진주 같은 것으로 변형될 것입니다. 우리 모두는 다 똑같이 하루 24시간을 무언가를 하며 보내지만 그러나 우리가 주님이 원하시는 일을 영으로 인도되어 한다면(그것이 영적인 일로 보이든 전혀 그렇게 안보이든) 그것은 신부의 가운(gown)에 장식으로 수놓아질 것입니다.(시편 45:13-14, 요한계시록 19:8)

짧은 이 땅 위에서의 우리들의 삶의 방식이 영원을 위한 아주 커다란 결정이 됩니다. 주의하며 깨어 있읍시다. 하나님의 전능하신 손길 밑에서 우리 자신을 겸손케, 어린 아이와 같은 믿음과 순종으로 우리 삶 안에서의 주님의 변형하시는 일에 우리를 온전히 내 맡깁시다. 주님이 무엇을 하고 계시는지 혹은 주님이 왜 그 도구를 사용하시는지 이해가 안 되더라도 최고의 예술가이신 주님을 신뢰합시다. 주님의 가르치심, 그리고 훈련, 징계에 온전히 내 맡깁시다. "살육 당한 어린 양의 고난의 상을 받으심"에 우리도 우리의 몫을 감당할 수 있도록 맡깁시다. 그것은 영원한 것이며 영광스런 상입니다.